終疆

01 末世流星雨

御我—著　午零—繪

這樣的【人物介紹】真的沒有問題嗎？

✠疆書宇✠

十八歲，俊美青年。在三兄妹中排行老二，因為被高空掉落的磁磚砸中，內裡換了個女性的靈魂。身體屬性是妹控，靈魂屬性是兄控，口味是身材火辣的女人和英俊肌肉男，一直都深深地被自己的重口味和無節操所困擾。

✥疆書君✥

十五歲，美少女。三兄妹中的小妹，溫柔可愛賢慧大方活潑動人（by 書宇）。最愛二哥，外表看起來柔柔弱弱，但卻敢於挑戰大哥，努力捍衛二哥，不讓他被大哥逗到哭出來。

✥疆書天✥

二十七歲，威武大哥。三兄妹中的長兄，各種威猛不解釋，各種征服世界不解釋，完全是 Boss 級的人物。對自己人極度護短，對外人極度不留情面，弟妹分別是他的天與地，輕易招惹不得。

目次

楔子

疆書宇

一張開眼睛，我立刻感覺到身體非常虛弱，連喘口氣都覺得很艱難。

難道受了重傷嗎？不過只要沒死就該慶幸，閉上眼睛之前的狀況分明是死定了，沒想到居然還有機會睜開眼。

希望不要傷得太嚴重，在這種時代，殘疾跟死了沒兩樣，雖然……死了或許比活著更好。

突然聽見一些聲響，我努力挪動脖子轉頭看去，兩眼的視線都還很模糊，但還隱約可以看到一個穿著白衣的人走進來，四肢健全，動作也很正常，應該不是「那種東西」。

那人似乎沒注意到我醒來了，自顧自地忙東忙西，我只好主動開口說話，沒想到一開口就聽見自己的聲音又沙啞又低沉，也不知道到底睡了多少天。

竟然沒有被拋下，太讓人意外了。

「我在哪裡？」

眼前的白衣人嚇了一大跳，目瞪口呆地看著我，好一陣子後才發出一聲尖叫：

「醒、醒了！」

嗯，是個女人，這聲尖叫真夠力了，希望我們是在安全的地方，這叫聲不會引來太多危險。

她衝到床邊來，卻開始東看西忙，不知道到底在做什麼，就是不肯扶我起來或者給杯水都好。

雖然視線越來越清楚，卻還沒辦法看清東西，只知道自己躺在一個白色房間裡，這裡白得很奇怪，看起來似乎很……乾淨。

「我在哪裡？」我又問了一次。

「你在家裡。」白衣女人終於注意到我，她溫柔地說：「不要擔心，我已經按下聯絡鈕，等等醫生和你的家人馬上就過來了。」

家裡？聯絡鈕？家人？我有些茫然。

白衣女人似乎不打算繼續解釋，而我的喉嚨痛得要命，任何疑問都沒有比生理上的飢渴更重要。

「水！」

她連忙倒了水過來，卻放在我碰不到的桌邊，然後彎下腰不知在做什麼……這是故意要整我？

我僵著臉，不知道該怎麼哀求，她才肯把那杯水拿過來？

這時，身下的床突然動了。

「啊！」難道是那個——

女人直起身來，安慰的說：「沒事沒事，我只是把床調高，你才方便喝水。」

我奮力轉動脖子和眼球，確定沒有別的東西出現，這才放下心來，卻發現自己從躺變成上半身撐起來的狀態。我愣了一愣，這是醫院的病床？真難得還能見到這種東西，更難得的是居然輪得到我躺在上面。

白衣女人把水拿到我的唇邊，杯子裡還放著一根吸管，她擔心的叮嚀：「慢慢喝，千萬不要嗆到了。」

怎麼受了重傷，待遇反而變好了？難不成是那個人因為我受傷而愧疚了嗎？他……還會愧疚嗎？

一開始喝起水，我就什麼也顧不上了，這水實在太好喝了！我所有的心思只能放在喝水上，到底是太渴了，還是這水真的太好喝？已經很久沒喝過這麼好喝的水。

小心謹慎地喝著珍貴的水，直到房門被撞開，我嚇得整個人彈了起來，是那名白衣女人連忙壓住我，才沒摔到地上去。

「哥！」

什麼？我眨了眨眼，一個人衝進來，但是我捨不得放開嘴裡的吸管，只得一邊喝水一邊看著對方衝到床邊，想著就算有天大的事，也得等我把這杯水喝完再說。

「哥你終於醒了！」

我努力讓眼睛聚焦，慢慢看清楚眼前是個眼淚汪汪的女孩，一張稚氣未消的鵝蛋臉，看起來頂多十五、六歲，彎月眉下方有雙大得不得了的眼睛，靈動活潑，光是這雙眼，這女孩就值不少物資。

她哭著，抹抹眼淚，看著我，然後又哭了。

把水全部喝光後，我依依不捨地放開嘴裡的吸管，疑惑地對她說：「我們認識嗎？」

女孩瞪大了眼，看起來對我的問題是真的吃驚到不行了，難道我們真的認識？雖然來來去去萍水相逢不少人，但是這女孩實在漂亮可愛，如果真的見過，不可能一點印象都沒有。

她慌亂地說：「我、我是你妹妹啊！」

我正想說自己根本沒有妹妹，外頭卻衝進更多人來，差不多有五、六個。

我瞪著他們，努力眯起眼看清他們的長相，確定裡面沒一個認識的，這到底怎麼回事？就算他想把我賣了，也沒有人會買一個重傷患吧！

我連那杯水都不值。

「小宇！」

「小宇醒了，真的醒了嗎？」

「說句話啊，小宇！」

被這些人包圍住，我茫然無措，剛醒過來，腦袋還渾渾噩噩，這些人不停喊著嚷著一大堆話，讓我一陣又一陣的頭疼，搞不懂他們到底在喊些什麼，偶爾聽懂了，卻又不明白這句話是什麼意思。

現在是什麼狀況？雖然覺得或許是詭計，但我必須承認自己根本不值得讓人花心思去算計。

「大哥！」那名「妹妹」著急地朝其中一人說：「二哥剛剛說他不認識我了！」

我朝那個「大哥」看過去，對方是個非常英挺的男人，他皺著眉頭說：「小宇，你認得我是誰嗎？」

「大哥。」

眾人都鬆了口氣，「妹妹」更是嗔怒的高喊：「你又捉弄我！明明就認得我和大哥！」

「不認得。」我輕輕搖頭，感覺脖子沒那麼僵硬，看來只是躺太久，不是癱瘓，我鬆了口氣，這才有心情繼續回應眾人，「是妳叫他大哥。」

那個「大哥」沉下了臉，轉頭問白衣女人，「護士！這是怎麼回事？」

原來是護士？我這才看清她的一身衣服，確實是記憶中的護士服裝，但現在怎麼還會有護士……

護士皺著眉頭，小心翼翼的問：「你還記得你的名字嗎？」

不知道為什麼，我突然覺得說出名字也許是件不妙的事情，他們明顯是把我當成別人了，之所以會這麼照顧我這個重傷患，說不定也是因為認錯人的關係，如果被發現我不是那個人，還會有現在的待遇嗎？

但為什麼會認錯呢？我毀容了嗎？想摸摸臉，卻舉不太動手，也只好作罷了。

「不記得。」先這麼回答應該沒錯。

眾人的臉都沉了下去，護士更是著急地說：「我馬上聯繫醫生過來。」

「不管怎麼樣，小宇醒了比什麼都重要。」「大哥」輕鬆地說：「醒過來就好，其他慢慢來，不需要著急。」

他這麼一說，眾人都是精神一振，滿懷希望地看著我。

收到這些眼神，我心中突然湧起滿滿的愧疚，那個小雨對他們一定很重要，而我的欺瞞或許會讓她錯過生存的機會，比起小雨有這麼多重視她的人，自己什麼也沒有，又何必為了活下去而害了另一個人。

「我不是小雨。」我靜靜地看著他們，坦承：「你們認錯人了。」

眾人一怔，那個妹妹莫名其妙地說：「怎麼可能會認錯，二哥你到底在說什麼啊？」

「妳叫我什麼？」我突然發覺不對了，剛剛腦袋一直很渾沌，沒怎麼聽清楚，還以為「二哥」是個名字或者代稱，但現在搭配起「大哥」，才發現這「二哥」的真正意思。

妹妹眨了眨眼，乖巧的複述：「二哥。」

不對！就算再怎麼毀容，也不可能被叫「二哥」啊！

顧不上手腳沒力，我奮力往臉一摸，臉頰光滑一片，摸起來雖然瘦了點，但並沒有粗糙的傷疤感，更別提繃帶之類的東西了。

「我叫什麼名字？」我渾身都在發冷，事情已經超乎想像了，到底發生什麼事？我到底怎麼了?!

「疆書宇。」大哥開口回答，神色看起來很擔憂。

「……哪三個字？」

「疆域的疆，書籍的書，宇宙的宇。」

我的呼吸急促了起來，一旁的儀器發出劇烈刺耳的聲音。

護士急著大喊：「他的呼吸和心跳太快了！」

「小宇！」

周圍傳來許多關心的聲音，但都不是在叫我。

我不叫小宇，我不是小宇，我叫關薇君，他總是叫我小君，不是小宇！

第一章

紅色流星雨

我是真的死了吧？

坐在輪椅上，我看著穿衣鏡中的自己，全然陌生。

這是一個外貌很不錯的男人，或許該說男孩？

年紀看起來不大，可能十七、八歲而已，因為臥床太久而顯得憔悴瘦弱，但還是看得出五官十分端正，濃眉大眼的，五官和那個「妹妹」頗相似，但挺直的鼻梁卻又帶著點「大哥」的英挺，這無疑是三兄妹沒有錯。

「二哥，我推你在家裡到處走走，好不好？」

妹妹從門後探出頭來，她的臉上帶著笑容，但這笑很勉強，似乎有點擔心我會拒絕。

我沉默不語，看見她的笑容越來越緊張，終是不忍，開口問：「不用上課嗎？」

「我請了一點假。」妹妹看我不說話，又急忙補充：「是大哥准了的！大哥說讓我留在家裡，二哥你可以看著熟悉的人會比較好，所以我就請兩個禮拜的假，而且最近學校快放暑假了，沒什麼事，不會耽誤課業的！」

快放暑假不就代表要期末考了嗎？我微微一笑，沒有拆穿對方的謊言。

「好，妳推我出去走走。」

妹妹鬆了一口氣，連忙過來推輪椅，出了房門，經過一條短走廊就是下樓的樓

梯，這是樓中樓的設計，往下一看就是客廳，家具擺飾都十分簡潔大方，只有整組的黑色皮沙發看起來比較貴氣。

我開了口想問一些事情，卻不知道要稱呼對方什麼，「妹妹」二字又很難叫出口，只得先問：「妳叫什麼名字？」

她一愣，語氣略帶憂傷的回答：「疆書君。」

聽到這個「君」字，我一怔，不禁對眼前這個女孩有了親切感，繼續問：「那大哥叫什麼？」

「疆書天。」

我回想昨天的情況，再問：「那天有對年紀大一點的夫妻是我們爸媽嗎？」

「呃，不是，那是叔叔夫妻倆，我們從小就和他們住。」

我不解地看著她。

「爸媽車禍過世了。」書君垂下頭，悶悶地說：「十年前過世的。」

聽到十年前，倒是讓我想起另一件重要的事情，連忙問：「我多大了？」

「十八歲，之前二哥你已經考上大學了，是第一志願喔！」

十八……我有點無言，本來都三十五歲了，這倒是另類的青春了一把。

「本來二哥你考上大學，大哥說要全家一起旅遊慶祝，連叔叔嬸嬸都難得要回國跟我們一起去，沒想到……」

書君的語氣聽起來十分難過，讓我心中突然也泛起一股酸疼的感受。

「到底是什麼意外？」我突然很好奇，一個十八歲的年輕孩子是怎麼就沒了的？

「被大樓外牆掉下來的磁磚打到頭。」

噗，我突然有點想笑，這理由真是太蠢了，一塊磁磚掉下來，被人深深愛著的男孩就這麼沒了，變成一個根本沒人要、不知是人是鬼的傢伙。

「二哥，你別哭！」書君突然摟住我，嘴上叫人別哭，她的語氣卻哽咽得快哭出來，不停安慰的說：「大哥給你辦了休學，等你好了就可以去上學了，不用很久的。」

我沒哭啊……正想這麼說，卻感覺臉頰涼涼的，一擦，果真是淚，這是小宇還是小君的淚？

我抹去那點憂傷，繼續問著各種自己本來應該知道的事情。「妳和大哥多大了？」

「大哥二十七，我十五歲。」書君似乎明白我想詢問這個家的事情，不等我繼續發問，直接說下去。

「十年前爸媽過世以後，我們就搬到叔叔家住，叔叔和嬸嬸沒有子女，對我們就像親生孩子一樣，不過他們很忙碌，總是飛來飛去的，不常在家裡。大哥也是，家裡常常就是我們兩個人而已。」

我點了點頭，突然想起來還有件事沒問，「那天進病房還有一男一女，他們是誰？」

「一個是大哥的祕書，叫鄭行，另一個是大哥的保鑣，曾雲茜。」

我眨了眨眼。那個大哥竟然還有保鑣？難不成是有錢人嗎……等等，這名字和職業不太對吧？我疑惑地扭頭看她。

看見我的表情，書君笑了出來，說：「就是那樣，祕書是男生，保鑣是女生。」

好吧……

「我們家很有錢嗎？」我有點好奇了，這間房子看起來不錯，我坐的輪椅品質似乎也很好，剛才書君竟然還能推著我下樓梯，這個家至少是小康以上吧？

「還算有錢吧？」書君一知半解的說：「聽大哥說本來我們家非常有錢，但是爸媽過世的時候，好像股票跌了又周轉不靈什麼的，叔叔和嬸嬸是考古學家，根本不懂這些，所以公司就讓別的董事搶走了，那時候，我們家好像沒了很多錢，所以叔叔到現在都很愧疚。」

我皺了下眉頭，直覺就想到應該是被設計了。

「二哥你不要擔心。」書君似乎會錯了意，她連忙安慰說：「我們家還是有錢的，大哥的設計公司也開始賺錢了，雖然是間小公司，不過他說養我們和叔叔嬸嬸是綽綽有餘了，所以我們只要好好讀書就好。」

我看著書君，突然覺得疆書天真是個好大哥，把弟妹保護得這麼好，什麼都完全不知情，只要好好讀書就好。

一間不大的設計公司，老闆有必要請一個隨身保鑣？

就不知道疆書天到底是從事什麼行業，竟然還得請個保鑣，看來現在這時候即便不是「那種年代」，也不是完全的太平啊。

等等！現在到底是哪個年代？我突然抓住書君的手，急問：「今年是哪一年？」

書君嚇了一大跳，連忙回答：「二〇一五年，現在是六月而已，二哥你沒暈睡那麼久，別擔心。」

聽到年份，我心頭發涼，幾乎快說不出話來，只能勉強擠出話來，「六月幾號？」

「十九號。」

完了……

沒有任何一個人會忘記，二〇一五年六月二十一號，那一天，所有人的世界都崩塌了。

現在，我的世界又要再崩塌一次了嗎？

「二哥？二哥你怎麼樣？我馬上去找醫生。」書君急得要推動輪椅。

「沒事！」我連忙抓住她的手，安撫道：「我沒事，妳再回答我一點問題，我

們在哪個國家？」

冷靜一點，都是已經死過一次的人了，還怕些什麼？

只是這一次，我真的再也不想經歷那個世界和那些事情，如果確定真的要再經歷一次，那乾脆找個機會提前把自己了結吧！

但眼前這女孩實在不錯，又有個大哥護著，如果可以，我想先幫幫他們，找個相對安全點的地方，再囤上些物資，或許在那之後，他們能過得好一點。

「嗯？二哥你怎麼連這都忘了？」書君瞪大了眼，即使驚訝萬分，她還是乖乖回答：「我們在駿國。」

這是什麼國？根本沒聽過啊！真的不對勁，我們說的語言是中文，腔調聽起來也沒什麼不對勁，我怎麼可能會在一個根本沒聽過的國家？

滿心震驚和疑惑之下，我只能繼續問：「這世界有幾塊大陸？」

「七個。」書君的表情越來越古怪，但現在可顧不上會被她懷疑，先弄清楚狀況再說！

數目對了。我皺緊眉頭問：「哪七個？」

「梅洲、北大洲、南卡洲、中卡洲、冰洲、林木洲和大洋洲。」

名稱不對！

我深呼吸好幾口氣，這才勉強壓下激動的情緒，繼續問：「我們在哪一洲？」

「梅洲。」

不對，我應該在亞洲！這根本不是原來的世界！我不是回到從前，而是根本就到了別的世界！

驚慌之下又想到既然世界都不同了，那件事應該不會發生了吧？

這麼轉念一想，我突然鬆了好大一口氣，不管是到了哪裡，都比接下來要發生的事情好！

而且，這裡似乎和我原本生活的世界幾乎沒多大差別，就連年份的計算方式都相同，應該很容易適應生活方式。

難道這是所謂的平行世界？曾經聽說過，宇宙有許多個相同的世界並行發展……這麼說起來，我該不會看見另一個自己之類的吧？那樣實在太尷尬了。

不管了，只要那件事不會發生，別說看到另一個自己，就算看到幾百個自己也沒關係！

「二哥在想什麼啊？」書君笑了出來，說：「你的表情變來變去好好笑。」

「我在想大哥去哪了。」

雖然已經搞清楚那件事應該不會發生，但總覺得有那個男人在身旁會安心一

點，如果最後還是發生事情，我這病弱的傢伙去死死也就罷了，但書君這麼漂亮的女孩子若沒有個保護者，下場真的會很悲慘。

「大哥出差了。」書君一說完，又急急地解釋：「是本來就排好的工作，因為二哥你受傷，大哥一直把工作往後延，拖到真的不得不接工作才接的，他很後悔呢，還說早知道你會現在醒來，他怎麼樣也要把工作繼續往後延。」

出差啊……我皺著眉頭，有點擔憂又覺得自己杞人憂天，都已經是不同的世界了，應該不可能會發生相同的事情吧？

放鬆點，沒事的！我吐出一口長長的氣，繼續問各種問題，「我躺了多久？」

「一個多月。」

嗯，不算太久，難怪還可以動彈，要是躺個一年半載，現在八成還只能在床上繼續躺著……腳步聲？

「是誰？」我厲聲道。

書君嚇了一跳，我危險地瞇眼看向來人，那是一個陌生的中年男人，昨天在病房並沒有看見他。

「二哥，那是林伯！」書君連忙安撫我，「是我們家的廚師，從爸爸媽媽還在的時候就在我們家了，他不是壞人。」

竟然還有廚師。我有點無言，這種家庭真是離自己太遙遠了。

「二少爺，小姐，可以吃飯了。」林伯雖然被我嚇了一跳，但態度仍舊恭敬，讓我看得非常不習慣，上輩子會對我恭敬的人只有在我刷卡買東西時的專櫃小姐而已。

「好，現在就過去。」書君朝林伯點點頭，態度倒是和對待一般年長者沒太大差別。她隨後就低頭對我說：「二哥我們去吃飯吧，雖然二哥你只能吃粥，不過大哥讓林伯熬了你最喜歡的雞湯當粥的湯底喔！」

聞言，我有點感慨，這一穿越倒是連家境都變好了，以前家裡就是個單親家庭，母親一個人扛家計，光我的大學學費就是大問題，還好畢業後找到的工作很好，兩個人終於過上不錯的日子。

原本還想著多打拚幾年存個頭期款買間小房子，媽媽和我就有安身立命的地方了，現在該慶幸當初沒買嗎？

「二哥？」

我抬起頭來，書君正擔憂地看著我。

我微微一笑，回應：「沒事，去吃飯吧，我也餓了。」

「嗯！」

接下來，書君整天膩著我，哪裡也不去，還沒到晚上，那個出差在外的大哥就

打了五通電話回來詢問我的狀況，看得出來這三兄妹的感情真的很好。

可惜，他們的小宇已經死了。

我垂下眼，並不打算坦承這一點，自己在這個世界什麼都沒有，還是個在學的學生，若是失去這個家庭的支持，恐怕會過得很艱辛，所以再怎麼違背良心也得瞞著這兩兄妹。

而且，那個疆書天看起來並不簡單，若是知道我這個孤魂野鬼搶了他弟弟的身體，搞不好真能狠下心來一槍斃了我。

一定堅持自己就是失憶！就算他們起了疑心，只要我不承認這具身體換人住了，就不相信他們會把自家兄弟怎麼樣！

「二哥，今天晚上有流星雨可以看，聽說只要是光害不嚴重的地方都看得見呢，晚上我們就在庭院看流星雨吧！」

吃著晚餐時，耳裡聽見書君開心的說話聲，我卻捏碎手上的杯子，渾身冷得連牙齒都在打顫。

「哥！你的手流血了。」書君的尖叫聽起來那麼遙遠。

六月十九號，紅色流星雨。

六月二十號，黑色大霧。

六月二十一號，早晨的尖叫揭開序幕。

「君君！」我大喊：「叫大哥回來！不管怎樣，要他立刻回來！就說我要死了！快！」

書君被嚇得眼淚險些奪眶而出，急忙說：「二哥你別嚇我！我現在就去叫護士來，你絕對不會死的！」

我拽住她的手，完全不讓她離開，只是一個勁的問：「君君妳相信二哥嗎？二哥求妳了，快把大哥叫回家。」

只僵持一下，書君就心軟了，也有可能是不知該怎麼辦，她只好拿起手機撥電話。

「大哥，我是書君，你可以回來嗎？」書君為難的說：「二哥、二哥他的狀況不太好……」

估計她還是說不出「二哥要死了」這種謊言。

「護、護士也說不太好，是真的！護士沒有空接電話，她在檢查二哥的狀況，啊……嗯，醫生還沒來……」

書君講了老半天電話，最後一張小臉漲得通紅，把手機拿給我，聲若蚊蠅地說：「大哥不相信我，說要直接和你說話。」

就妳這等說謊的水平，就算我真的只有十八歲也不相信妳啊！

接過手機，我先乖乖喊了聲：「大哥。」事到如此，只能硬著頭皮上了。

手機傳來沉穩的一聲「嗯」，他帶著指責的語氣說：「書宇，你把書君嚇壞了。」

「對不起，我太著急了。」我直接就道歉了，然後直奔主題，「大哥你在哪裡？」

「我在冰洲，剛下飛機。」

竟然飛去別塊大陸了嗎？我皺起眉頭，這樣要把他叫回來就更難了。

「書宇，你老實說，到底怎麼了？」

腦中一片空白，還真的扯不出半個合理的謊言來，但對方還在等我開口解釋，我也只能咬牙說：「大哥，我昏迷的時候做了一個夢。」

希望他不會把茶噴在手機上，罵我睡傻了。

「六月二十一號會出事，是蔓延全世界的大災難！你一定要回來保護君……保護我們。」

疆書天嘆了口氣，無奈地說：「書宇，那只是場夢。」

「拜託，大哥，就相信我這麼一次，我以前從來沒有騙過你吧！為了君君，拜託你回來！」希望是沒有騙過，「書宇」到目前聽起來應該是個好孩子。

手機另一端寂靜無聲。

我只能繼續說：「大哥，如果你二十號午夜……不，晚上六點前沒辦法到家，那就不要回來，路上太危險了。」

越接近二十一號越危險，太晚回來，說不定飛機會失事，那還不如讓他待在其他地方好好活著算了。

求到這，我已經仁至義盡，如果他還是不肯回來，那也是沒辦法的事，只能祈禱二十一號不會出事，如果真出了事——這次我再也不想活著經歷！

「好，我回去，你和書君在家裡等我，不要亂跑。」

出乎意料之外，疆書天竟然答應了，看來這是個寵弟妹寵得沒邊的大哥——排除他只是在哄我，根本不打算回家這點。

「可以的話，帶點抗生素之類的醫藥品回來，最好還有槍械……」

我越說越小聲，這些話由疆書宇這個十八歲的孩子說出來，實在太奇怪了，說得越多越容易引起懷疑。

尤其現在又不知道二十一號到底會不會出事，我不想讓這兩兄妹起疑心，但不提醒又不行，只能聊勝於無的補充說：「我在夢裡看見以後的日子會很危險，可能會受傷，而且有槍才有辦法自保。」

對方沉默很久，然後「嗯」了一聲，交代許多「養好身體」之類的話，這才掛斷電話。

我鬆了口氣，發現渾身都是汗水，而且全身發虛，連忙多喝一點雞湯補充水分。

吃飽飯後，我問書君：「君君，這附近有沒有賣場和百貨？」

書君點點頭說：「附近有一間百貨，那裡的地下室有超市。」

「那我們現在就過去，家裡有休旅車嗎？」其實我很想問有沒有大卡車，但想來應該是沒有，就不用多此一舉。

她瞪大了眼，不贊同地說：「哥，你想去哪？你還不能出門啦！」

「我一定得出去，要買很多東西。」我眨了眨眼，學她之前說的話，「是大哥准了的。」

書君揪緊眉頭，但在我的堅持下，她還是答應：「好吧，我去找林伯開車。」

「那君君妳手頭有多少錢？」我有點緊張，接下來要進行的事情可是名副其實的血拼啊！

「我只有幾千塊。」看見我苦惱的表情，書君笑了一笑，提醒：「大哥常常出差，所以他給了你提款卡和信用卡，我的零用錢都是二哥你發的呢！我現在就去拿你的錢包，可不能用我的零用錢唷！」

書君的心情看起來好得不得了，就算是二哥發神經，但女人只要能夠血拼，果然還是高興的。

行動不便之下，好一番折騰才到百貨的超市裡，我問清家裡有地下室，而且裡面沒放多少東西，立刻決定整晚都要在家裡和百貨來回載貨。

「林伯，先把這堆米都搬去結帳。」

一進賣場，我就比著地上那座包裝米山。

林伯和書君都傻了，林伯不敢確定的問：「二少爺，您是認真的嗎？」

「再認真不過！」我非常堅定的說。

林伯想了一想，說：「二少爺要買那麼多東西的話，我去和賣場商量，讓他們幫我們把貨送到家裡去，但可能要多付些運費，二少爺介意嗎？」

「多少錢都不介意，但今晚就要送到！」

林伯點點頭，動身去商量的結果是賣場願意出人幫忙搬貨，還有一輛貨車會把貨物載回去，只酌收一千元費用，他們大概也樂見我這樣「大採購」。

於是我肆無忌憚地朝各種物資一比，通通給我搬上車！

泡麵、肉乾、罐頭、巧克力、糖果、桶裝水、飲料、衛生紙、電池……說不完的重要物資通通掃貨似的搬上車，想了一想，連衛生棉都一箱箱打包上車，雖然我這輩子是用不到了，但書君用得到。

「二、二哥啊，這會不會太多了，都可以用十年了吧？」書君目瞪口呆地跟在

我身邊，早就沒有血拼的興奮，只有滿滿的驚嚇。

周圍已經有人在指指點點了，但我毫不在意，只要能保命，現在丟點臉算什麼，倒是超市經理有點緊張的詢問可不可以先結帳，方便他們送貨，可我想這只是藉口，他就是怕我付不出錢來而白忙一場吧。

我拿出信用卡，開始有點擔心額度不夠，不過對方刷過以後，笑吟吟地拿著簽帳單過來，額度還是夠的，我朝簽帳單一看，足足花了三十幾萬，我猜這張信用卡根本是張無限卡，疆書天果真不是一個小設計公司老闆這麼簡單。

付完帳，我理所當然地說：「走吧，我們上樓繼續。」

「什麼？還買呀？」書君驚訝到有點暈陶陶，完全不知該做什麼反應。

一樓樓逛上去，各類耐洗耐穿的衣褲一次拿個十件，保暖衣物和棉被之類更不用提，根本當作消耗品在買。

很幸運地，在某個樓層找到一間軍用品店和藥局，各種高品質的手電筒、頭盔還有軍靴，我甚至買了十幾把匕首。在藥局則是把維生素、繃帶和消炎藥等等全部直接把存貨掃光。

書君緊張的說：「二、二哥這樣買太多了，你常常說大哥賺錢不容易，我們要節省一點的。」

這話說得讓我都有點遲疑了，若真的沒有事情發生，這些錢等於白花，就算想慢慢用掉，可家裡人不多，又能用掉多少，而且有些東西根本不會用到，像是匕首之類的。

但轉念一想，疆書天就算沒有我想像的財力雄厚，應該也不至於因為沒了一百萬就得全家喝西北風，但有了這一百萬的物資，對於二十一號之後的日子可是要命的重要，相較之下，這一百萬還是花掉得好！

想通後，我繼續血拼，甚至在回家的半路上覺得食物還不夠多，乾脆沿路掃蕩超商，直到累得夠嗆，差點喘不過氣來，看見書君擔憂到快哭的神色才肯回家。這副身體真得養一陣子才健康得起來。

「哥、哥，你快看！」書君打開車窗，興奮地比著窗外，林伯也貼心地把車停到路邊讓她能夠安全地探頭出去。

在她的催促下，我心不甘情不願地抬頭望著天空，在現今這種連星星都快看不見的年代，夜空居然滿天都是流星，壯觀無比，美麗得令人屏息。

我還記得隔天的新聞是這麼描述：美到看見就死而無憾的玫瑰流星雨。

去你媽的死而無憾。

玫瑰流星雨。

紅色的流星雨。

第二章

黑霧揭了幕

看著所有物資都進了地下室，還有一些放不下的丟到廚房，我這才放心，有這些東西以後，只要疆書天再趕回來，能夠守住這些物資，這個家就有活路了。

回到家時，護士小姐就氣得快炸掉了，但我又堅持要看到物資都處理好才肯休息，她更是一張臉活像吃人母老虎一般，和林伯聯手直接壓著我進浴室梳洗，然後叫我躺上床，她要給我檢查各種數據。

但是我一躺上床，累得直接暈睡到隔天，起床時看看時鐘，都過中午了。

爬起身來，呼叫護士小姐和林伯帶我進浴室上廁所和梳洗。

面對陌生的男體，我這個變成男人的女人倒是很平靜，事到如今，還有什麼事情沒見識過的，但護士小姐卻是個臉皮薄的，大概是因為年紀不大，看起來還不到三十歲，而我這副身體可是個漂亮的年輕人，吃英俊嫩草什麼的是女人都想過的事情！

洗刷刷完，我打算先去吃點東西，最好再喝點雞湯，雖然現在開始調養身體已經有點太晚了……

「小宇。」

我抬起頭來，那是叔叔和嬸嬸，昨天書君說過他們出去訪友，我們回來的時候，他們都睡了，為此還特地交代搬貨工人安靜點，別吵醒他們。

「叔叔、嬸嬸，午安。」

我打量著他們兩個，看起來才四十多歲而已，嬸嬸甚至有種不到四十歲的感覺，但我想應該是保養得太好了，不可能沒有四十，看來這個叔叔和他死去的哥哥在年紀上可能有些差距。

兩個人都有著濃濃的書卷氣質，這真不是個好消息，我真心希望這叔叔是個肌肉猛男，最好還練過柔道跆拳道武術會耍刀開槍什麼的，可惜幻想是豐滿的，現實卻是骨感的。

嬸嬸疑惑的問：「小宇啊，廚房怎麼堆了這麼多東西，都是你買的嗎？」

我點了點頭，說：「昨天和君君出去買了點東西，不知道為什麼腦袋發熱就買太多了。」還好他們沒看見地下室，不然就算說我腦袋破洞都沒用了吧。

嬸嬸溫言安慰：「買多也沒關係，都是些可以放的東西，我們慢慢用就可以了。」

「叔叔和嬸嬸今天會出去嗎？」如果會，我一定立刻暈倒給他們看，逼他們留下來看顧我。

「當然不出去。」嬸嬸帶著歉意說：「昨天是一個好久不見的朋友要走了，不得不去見一下，不然我和你叔叔是絕對不會在這時候出去的，我還要盯著你吃飯呢！」

她紅了眼眶，不捨的說：「看看你，瘦成這副德性。」

叔叔帶著不贊同的語氣說：「好了，有什麼好哭的？小宇都醒了，醫生也說應該沒太大後遺症，養一些日子不就又是活蹦亂跳的小宇。」

「說得是。」嬸嬸連忙收起哀傷情緒，牽起我的手說：「快快，去吃飯吧！你沒醒，連君君都不肯先吃飯呢！」

我笑著應了，到了餐廳，滿桌子豐盛飯菜，但都是些燉得軟爛的菜餚，看來就是為了讓我方便入口。

我默默吃著那些菜餚，雖然想多吃一些，快點恢復體力，但這身體真的不行，遠遠吃不到一般年輕人該有的食量，再硬塞下去恐怕要吐了，只得作罷，放下碗筷等其他人吃到一個段落。

「我有些事想跟大家說。」

眾人都抬起頭來看著我。

「今天大家都不要出門了，等到晚上，所有人都一人睡一間房。」我看著叔叔和嬸嬸，說：「包含叔叔和嬸嬸也要分開睡，而且大家睡前一定得把房門鎖上，還要再推一點東西擋住門。」

聽見我說的話，林伯、護士和書君三個人倒是還好，他們昨晚就看見我發瘋似的買了一大堆東西，現在這話已經嚇不倒他們了，但叔叔和嬸嬸卻是一臉驚愕。

「這是為什麼？」叔叔放下筷子質問，還頗有點氣勢，雖然他應該不是一家之主，這個家的最高權威絕對是疆書天！

我只好又把夢境拿出來當藉口，卻得到叔叔和嬸嬸哭笑不得的回應。

「沒關係。」書君立刻站在我這邊，說：「是大哥准了的，反正二十一號就是明天了，大家就照著二哥的話做吧！」

我就說最高權威絕對是疆書天，一句「大哥准了」就能走遍天下。

眾人也沒多說什麼，通通應下了，從神態上看起來，或許連疆書君都不信我，但是他們卻願意滿足一個受重傷剛醒來的年輕人。

這家人確實值得讓人花點心思護下，只可惜……

吃飽飯後，我到處檢查周遭環境，又問了書君一些問題，發現這屋子比想像中更好，原來這裡是都市近郊的社區，每一家都是獨立成幢的房屋，甚至還有庭院和圍牆。

屋子所有的窗戶都有鐵欄杆，應該是為了防盜，房屋的大門是雙重門，裡面那道甚至是整面的不鏽鋼門。

這麼好的環境簡直太棒了！

現在又有許多物資，只要疆書天回來，那就萬事俱備了。

想到那個威嚴的大哥，我忍不住撥電話過去想詢問他現在到哪了，但電話卻沒有接通，難道是在飛機上嗎？希望不是糊弄我，所以乾脆不接電話。

「哥。」

我轉過身，書君站在陽台上看著我，臉色有些蒼白。

「怎麼？」

她比著陽台外，我的心沉了下去，雖然看見紅色流星雨的時候，便隱隱確定這一切必將到來，只是總帶著一絲期望，想著或許接下來會不同……但期望終究成為失望。

書君推著我到陽台，朝遠方一望，地平線上有一層淡淡的黑霧，若是平時，大家也不會大驚小怪，這個污染嚴重的世界有什麼變化都不奇怪，總之多半是人禍，就連海水都會變成芥末黃。

但被我說過二十一號會出事以後，書君顯然敏感多了，見到這陣黑霧就無法保持平靜。

沒想到黑色的大霧這麼早就開始瀰漫，難道是因為所在區域不同嗎？我記得以

前是到了晚間六、七點左右，自己才發覺不對勁。

細細回想了一下，應該是因為自己那時上班到六、七點才從公司大樓踏出去，所以才會那麼晚發現不對勁，原來實際上這麼早就開始蔓延了。

我開始有點擔心飛機的狀況，現在才下午三點鐘，而疆書天的手機根本打不通。

「君君，妳每隔半小時就打電話給大哥。」

書君一聽，臉色也變了，用力點點頭，還立刻就打了電話，可惜仍舊不通。

「這是怎麼了？」嬸嬸端著一碗雞湯進來，看見遠方的黑霧有點訝異，卻不怎麼在意的說：「最近的空氣污染真是太嚴重了。來，小宇，再喝點雞湯。」

雖然根本不餓，但我乖巧地喝下去，能多一點體力就多一些。

到了晚間六點，還是沒聯絡上疆書天，而這時的黑霧已經濃得連叔叔嬸嬸都覺得不對勁，他們甚至打了一一〇詢問狀況，但根本打不通，全部都忙線中。

「小宇，這到底怎麼回事？」

晚餐時，叔叔終於忍不住問了。

我平靜的說：「聽我的話，今天一人睡一間，把房門鎖上再搬東西擋門，明天早上，如果有人沒出房間，外面的人要開門查看以前必須先喊人，有回應再開，沒有回應就千萬不要開門！」

叔叔顯然覺得不對勁，他不解的問：「為什麼沒有回應就不能開門？裡面的人到底是怎麼了？」

叔叔看向我，滿臉的驚疑，連其他人都把注意力集中到我身上了。

「裡面的說不定不是人了。」我輕聲說。

眾人臉色皆是一變，叔叔開了口欲再問，但我打斷他的話頭，懇求：「聽我的話好嗎？就一天而已，如果明天什麼事也沒有，我一定跟大家鄭重道歉，但現在就先聽我說話好嗎？」

叔叔怔了一怔，還是點頭不說話了。

「二十一號以後要把門窗鎖緊，不要出去，也絕對不要讓人進來，晚上不要開燈，不要發出大聲響，最好不要讓人知道這屋子有人。」

然後呢？看著這一家人，我不知道該怎麼辦，這裡只有兩個男人，叔叔還算是壯年，但林伯看來逼近六十歲了，這兩人能有多少戰力？

「總之別出去。」我只能這麼結論。

叔叔啞然失笑，「我們總不能關在這裡一輩子吧？」

「其他的就等大哥回來。」

大哥一出，眾人都點頭贊同了，到底是太好騙還是大家認定就算飛機掉下來，疆書天都能生出一對翅膀飛回來？

我不禁汗然，不過又有點理解，自己醒過來才三天不到，看見疆書天也只有第一天，那時還視力模糊，但居然這麼篤定大哥權威深重了，更何況是這些和疆書天相處十幾年起跳的人，肯定對他的信心都爆表了吧！

看著這幾個人一副「等大哥回來就好」的樣子，我真是有夠擔心，疆書天不一定能回得來啊！我只能繼續把一切能交代的事情都先交代了。

「如果看見不對勁且具有攻擊性的人，立刻重擊他的腦袋，而且一定要把頭打到稀爛才可以，不是隨便敲敲就好。」

眾人臉色發白地看著我，可能猜出到底是什麼狀況了，畢竟電影也演這麼多年，現在想想簡直是種預言，但是現實到來的時候，卻比電影更殘酷更可怕，真不知哪邊才是虛假的戲。

吃飽飯後，我和君君、叔叔與嬸嬸在客廳聊著天，打聽出不少疆書宇的事情，原來他還是個小疆書天，這一家之主是疆書天，但第二個說話有分量的人竟然也不是叔叔，而是疆書宇！

叔叔尷尬地解釋說他長年和嬸嬸在外考古，不常留在家裡，所以沒辦法當好一家之主，不過嬸嬸和君君的表情完全把他洩漏了，這就是個滿腦子古物、不管事還需要人照顧的叔叔！以前是他哥照顧他，他哥過世了，換成他哥的兒子照顧他。

我聽了更加的煩惱。

就這麼一直聊天，因為身體太差的關係，沒多久後，我累到眼睛都快打不開了，雖然知道該保留體力，但怎麼也捨不得離開，只想再多聊幾句話。

直到過了晚間十點，實在是不能再待下去了，我主動趕著眾人回房間，一人發了一箱飲料食物和醫藥箱等等，以防萬一。

我聽著他們鎖門和移動東西堵住門，這才肯離開。

輪到書君的時候，她咬著唇，卻不願乖乖鎖門，說：「哥，我真的不能跟你一起睡嗎？你現在身體不好，要有個人照顧你才可以！」

「不行。」我開玩笑的說：「妳要是想欺負哥哥，我這種身體可打不贏妳。」

聽到這話，書君的臉色一白，勉強扯出笑容，點頭說：「也對，那我關門了喔！」

最後就剩下林伯和我，林伯幫著我把一張閱讀桌移到房門邊，就留一條門縫讓他鑽出去。

不知為何，林伯鑽出去前卻遲疑了一下，回過頭來看著我。

「二少爺，我兒子和媳婦在城裡，若真有什麼事，能不能把他們接過來？」

我皺了下眉頭，說實話我不放心，如果疆書天在這，那把兩人接來也無所謂，但現在這裡除去林伯，就剩下叔叔這個男人了，若是他的兒子和媳婦過來，說不定會鳩佔鵲巢。

「一切等明天再說吧，說不定我做的夢根本是假的。」

我打著拖延戰送走林伯，心裡卻很清楚，現在不來，明天也來不了了。

林伯點了點頭，看起來並不堅持，或許是因為他到現在也半信半疑吧，畢竟日子過得好好的，突然要接受宛如電影情節般的事情，恐怕一般人都沒辦法相信。

接下來就開始艱難的奮戰，就算桌子在房門旁，只差一條門縫的距離，但我還坐在輪椅上，要把沉重的桌子推去牢牢地抵住門，實在不是件容易的事情。

直到汗濕一身，才總算把房門的問題搞定了，我稍稍休息一下，又從衣櫥拿出十幾條皮帶來，這可真夠多的了，上輩子真沒用過幾次皮帶這種東西。

最後奮力爬上床時，我喘得胸口都要爆炸了，又休息好一陣子才有辦法繼續動作，把自己的雙腿用皮帶牢牢綁在病床的欄杆上，想了一想，又把左手也綁上，但右手就真的沒辦法了。

靜靜地躺在床上，不知何時，最終審判的時刻才會到來，我等著無聊了、想睡了，但又有點不甘願就這麼睡下，只能左右轉動頭部，試圖看些有意思的東西轉移注意力。

一往左看，注意力就真的被吸引走了，那裡擺著幾個相框，裡頭的照片上有疆書宇、疆書君、有那霸氣的大哥疆書天，有叔叔和嬸嬸，還有兩個不知名的男女，不用猜我都知道一定是這副身體的親生父母。

如果一家人都在，或許真有點活下去的意思，哪怕我不是疆書宇，一旦相伴得久了，也就是疆書宇了吧？

只可惜……

家裡最有可能度不過二十一號的人就是我，審判的時刻一降臨，虛弱的人是最難活下來的，現在的我連站起來的力氣都沒有，怎麼度得過去？

本來以為上天仁慈地給了一次機會，讓我可以重新在這個平靜的世界安穩地度過一生，就算庸庸碌碌也沒有關係。

結果發現上天是殘酷地讓我再體驗一次……

末世。

本來的打算是疆書天能夠及時回來，然後我會毅然決然在二十一號午夜以前自殺，省去這一次的折磨，但是他卻沒能趕回來，或許那時答應是騙我的，根本不打

算回來，但也有可能是飛機失事，他已經被我害死了也說不定。

我深深地覺得是後者，有種直覺既然疆書天答應了，那就會回來，他不會敷衍親弟弟，多半是被我害死了吧？

所以，我欠他也欠書君這幾天來的關心，不管怎麼樣都必須試試看能不能活下來，只要能活下來，我或許能夠憑著以往的經驗護住書君，然後期盼疆書天可能還沒死。

時間應該差不多了，我看向落地窗，果然，黑霧已經開始蔓延進來，哪怕早就把門窗關緊了也沒有用，沒有東西擋得住這黑霧，不管在哪裡都一樣。

我瞄了時鐘一眼，現在是半夜一點，原來已經二十一號了。

躺在病床上，我安靜地等待，那陣黑霧先是把地板全數佔滿，然後慢慢往上爬，直到與床面齊平，接著就開始朝床上襲來。

我睜大著眼，哪怕已經有十次的經驗，但這種事永遠都無法習以為常，第一次的痛從腳板傳來，像是腳被火燙了一下，我卻不能把腳縮回來，只能任憑火烤。

隨後是手的小指頭被黑霧咬了進去，痛得好像整根指頭正被咀嚼，但這痛卻不是結束，四肢各自傳來不同的痛楚，刀切、火燒、冰凍、碾碎……

痛！

一切感受就只有痛！

我彷彿把世間各種痛都嘗了一遍，除了全身抽搐，什麼也做不到，只能大張著嘴，發出一陣陣慘叫，眼淚口水沒辦法控制地通通流出來。

痛得我張大嘴都沒法呼吸到空氣，胸口傳來窒息的感受……

熬不過去，過不去……我……

會變成異物。

哥……

小宇、小宇啊！

二哥……你回答我啊，哥……嗚……二哥……

「二哥！」

我猛然張開眼，大口大口的呼吸，胸膛上下起伏到幾乎有要爆開的感覺，好一段時間就只能這麼用力呼吸，聽著門外傳來哭喊的聲音。

「君君……」

我嘗試喊了一聲，卻只發出氣音，微弱到連自己都快聽不見了，身體虛弱得幾乎動彈不得，身下的床單全被汗濕，自己一定脫水了，要是不趕快補充水分，真的會死！

「君……」

這一次，我卻連兩個字都喊不齊，完了，沒死在審判時刻，卻得死於脫水，連自己都覺得悲哀。

「哥、哥！我不管了，我要開門、我要開門！」

「好，開門！」叔叔竟然也跟著胡鬧，完全把我交代的話全忘了，不是說沒回應就別開門嗎？

門口傳來門鎖被鑰匙打開的聲響，接著就是撞門的聲音，一次、兩次，最後「砰」的一聲，用來擋門的桌子整個被撞歪了，三個人衝進來，帶著緊張的神色看向我。

我看向他們，脫水到連眼淚都流不出來，無聲地說：「水……」

嬸嬸衝上來，拿著一只碗湊到我嘴邊——又是雞湯。

整整喝完三大碗雞湯，喝到我都快吐了才求來一杯清水漱口，嘴裡那股油膩味實在讓人受不了，但喝完這雞湯，身體總算感覺好多了，十分鐘前還覺得自己要死了，現在倒是確定應該可以好好活下去。

「林伯和護士呢？」我只看見三個人，心下已經有了不祥的預感。

三人你看我我看你，最後由叔叔發言：「護士倒在廚房，我們喊她都沒反應，看起來像是死了，我們不敢動她。林伯就不知道了，還沒去他房間看過，我們是去廚房拿了雞湯就直接過來你這裡。」

聽到護士倒在廚房，我臉色都變了，那傢伙怎麼會倒在廚房！她一定是沒聽我的話乖乖待在房間，半夜跑到廚房去，在那裡碰上審判時刻。

「你怎麼把自己綁成這樣？」叔叔一邊解開我手上的皮帶一邊罵：「你看看，整個手腕都被勒破皮了。」

還不就是怕你們不聽話，沒得到回應也衝進來，不然我做什麼累死累活的把自己五花大綁。

結果還真的衝進來了，真佩服自己的未卜先知，但這沒什麼好抱怨的，他們若是不進來，說不定我就要死在裡面了。

我緩緩坐起身來，雖然其他人的神色看起來是想叫我躺下，但現在可不是休息的時候，有許多事情要盡快處理。

「叔叔，你搬一些東西去把廚房的入口堵起來，千萬別去動那個護士，盡量別

發出聲音，如果她動了，你就馬上回來！」

叔叔立刻點了頭，立刻就去做了，甚至沒有多問一句，看來我這身體果真是家裡的第二把交椅，連身為長輩的叔叔都沒有二話。

「那我去找林伯好了。」書君立刻說。

「不用去了。」我疲倦的說：「你們剛才喊得那麼大聲還撞門，他都沒有出來，不會有反應了，你們去把那邊的棒球棍拿好。」

邊說邊比著門邊，那裡有三根棒球棍，是在百貨買來的。

我猜想就算自己沒有回應，書君三人也沒辦法放著自己二哥不管，肯定會進房間來，而我卻不敢保證身上那些皮帶一定可以阻止「我」，所以放了一些武器，讓他們危急的時候可以防身。

「小宇。」嬸嬸如言拿起球棒，但看她拿得那個彆扭，我真的很懷疑她會用嗎？

「現在到底是怎麼回事，昨天那黑霧……」

說到這，她打了個冷顫，書君也是臉色慘白。

「那霧還會來嗎？」書君顫抖的說：「該不會今天晚上——」

「沒有，今晚不會來的。」我連忙說。

一年就來一次而已。我沒說出口，都不知道能不能活到一年後，這種事不用事先說出來讓她們難受。

書君和嬸嬸鬆了好大一口氣，我也很理解，那種痛真的比死還難受，以前許多人得知一年要痛上一次以後，直接選擇自殺的人也不少。

這時，遠方突然傳來激烈的打鬥聲，還有男人的嘶吼聲，聽起來像是叔叔……我的心沉了下去，還是出事了嗎？但又不能不叫叔叔去，要是讓護士過來，或許我們通通都得死。

「老公！」嬸嬸立刻衝出去，書君愣了一下，連忙也跟上。

我阻擋不了她們，只好高喊：「打頭！一定要把頭打爛！君君，別心軟、別害怕！要保護妳的叔叔和嬸嬸。」

嬸嬸衝遠了，但書君停下腳步，那張漂亮的小臉蒼白不已，但她還是對我點點頭，然後把門鎖上，這門一旦鎖了，沒有鑰匙就沒法從外面打開，這小妮子到了這時候居然還能想到要保護我……

自己也得努力了！

在審判時刻之前，我肯定自己沒有個幾天是站不起來的，但審判時刻之後，可就難說了。

努力挪動腰部，直起腰來，我坐在床上，腳踩著地面，先是動了動腳趾頭，確定可以動彈以後，深呼吸一口氣就直接站起來，但卻立刻悶哼一聲，差點坐回床上去，幸好只是差點，我還是直挺挺的站著。

緩慢地移動腳步，我走到門邊拿起第三根棒球棍，打開房門，正想過去支援，卻看見嬸嬸和書君扶著叔叔走過來，而他們背後不遠處，那名護士正以一種奇怪的扭曲姿態衝過來，幸好速度不算快，她的肢體似乎還不太協調。

叔叔半身都是血，也不知道傷了哪裡，他對兩個女人大吼：「快走，老婆、君君妳們走啊！我已經被咬了，沒用了，妳們快走！」

兩個女人臉色慘白，她們不願放手，叔叔卻開始掙扎起來，想推開她們。

「把他扶過來！」我高喊：「叔叔你沒事的，相信我！」

我的話一出，叔叔一怔，不再掙扎了，三人同心協力逃跑，但叔叔似乎傷了右腿，只能拖著那隻腿前進，速度實在快不起來。

我一步步走近他們，蹣跚的腳步不比傷了腿的叔叔好到哪裡去。

見狀，叔叔著急地喊：「小宇你回房間去啊！」

我不理他，只是看著書君說：「君君，別回頭，繼續走。」

護士已經在他們身後幾步遠，書君點了點頭，非常聽話的完全不回頭看，只努力地扛著叔叔前進。

我走到三人面前，他們渾然不知護士正一躍在空中朝他們撲來，那十根手指有原來的兩倍長，手指骨節突出如一顆顆小球，一張嘴張大到連嘴角都裂開了，滿嘴都是尖牙，牙上還正滴著鮮紅的血。

我側身讓叔叔他們通過，然後用力將棒球棍揮出去，正中護士的腦袋，把她從半空中敲到地面上。

我冷冷地低頭看著護士，她正抱著腦袋哀號，但我又是一棍子打下去想直接打爆她腦袋，沒想到這腦殼挺硬的，也可能是我實在太虛弱力氣不夠，這棍只打出一個小凹陷。

「二哥，你快回來，還有一個！」書君大聲尖叫。

什麼？我抬起頭來，果真看見另一隻的身影，那個傢伙的動作更慢，所以還在走廊的盡頭，一步步走過來，雖然走得這麼緩慢，我卻覺得他比護士還可怕，那宛如小山一般的肌肉是怎麼回事？

雖然他連臉孔都充滿發腫的肌肉，但還看得出根本不是林伯，是從哪裡來的？難道大門已經開了嗎？

顧不上打爆護士的頭，我立刻回頭離開，但腳踝突然一緊，還來不及反應過來

就整個人摔到地上。那該死的護士竟然抓住我的腳踝不放！我拚命踹著她，還得用棒球棍打她的臉，免得她張嘴就想咬我的小腿。

我的力氣真的不夠，怎麼踹也踹不開，棒球棍雖然敲斷對方好幾顆牙，但這點傷害根本不足以讓她放手。

那個肌肉男越來越近了，他的身上只穿著一件褲子，而且褲子下半部通通被肌肉撐爆了，變得像條四角褲，上半身的肌肉每塊都比籃球還大，整個人變形得快沒有個人樣，走的每一步都讓地面為之震上一震。

他的速度很慢，我們要是想逃走，絕對不成問題，但如果不想放棄這間屋子，那他就比護士還難纏！

「啊——」

腳踝突然傳來劇痛，那個臭女人竟然想捏碎我的腳踝，我奮力拿棒球棍朝她的手腕敲下去，一敲再敲，對方不停發出恐怖尖銳的叫聲，整隻手掌歪七扭八，卻還是不肯放手，我的腳踝傳來一陣陣的痛。

「呀！」

一根棒球棍朝著護士的腦袋狂敲，我愣了一愣，那幾棍子敲下去，連紅白之物都被敲出來了，力氣實在比我大得多。

「放開！放開！妳放開我哥——」

書君像瘋婆子似的拚命敲著護士的腦袋，還不停大哭，淚水鼻涕橫流，哪還有一點漂亮女孩的樣子。

護士被敲得七葷八素，離死不遠，我終於可以一腳踹開她的手，忍著腳踝的劇痛爬起來，然後抓住已經敲瘋了的書君衝進房間。

「快拿東西堵住門口！」

我將閱讀桌再次推去抵門，但這還不夠，矮櫃、沙發椅和病床，所有人都像瘋了一樣，只要推得動的東西通通都推去抵住房門，但我卻不敢保證這夠不夠用，看那肌肉男的外貌，顯然是力量型的異物，這些東西當真擋得了嗎？

擋不住又該怎麼辦？

第三章

異物

我們四人用身體壓住那堆雜物，等著猛烈的撞擊，我回頭看了看窗口，有鐵欄杆，但手邊沒有工具可以破壞，百貨買來的電鋸放在地下室了，我們出不去。

「哥、哥，我把護士殺了嗎？她、她是活的嗎？」

書君渾身都在發抖，一雙小手還沾著紅紅白白，她卻根本沒有發現。

我冷靜的回答：「別傻了，她看起來像活的嗎？」

聞言，書君平靜了一些，又不放心地說：「可是她會動。」

「那不是人！妳也沒有殺了她，她都還在動呢！我說過要把腦袋打到稀爛才有用，妳只是打爆了還沒打爛。」只是腦袋爆成那樣大概也活不了多久而已。

書君「嗯」了一聲，神色總算放鬆了一些。

我們遲遲沒有等到撞門聲，卻等到護士的慘叫聲，還有一陣陣讓人聽了心裡發麻的斷折聲音，再來是吃東西時的咀嚼聲……

眾人的臉色都很慘白，我卻是滿心高興，肌肉男把護士吃了，肯定飽得要消化一陣子，我們暫時安全了。

想到這，我坐倒在地上，整個人都脫力了，腦袋更是一陣陣抽痛。

其他人看我如此，也紛紛軟倒在地上，尤其是叔叔，他大量失血，整張臉都是白的。

見狀，我勉強爬起來，站起身時，腳踝痛得我扭曲了一下臉，只希望骨頭沒斷。

翻出醫藥箱，我開始幫叔叔消毒包紮，手腳俐落快速，這些事情以前就做得很熟練，畢竟做了整整快十年，不是護士出身都得成半個護士。

現在想想真是不可思議，我竟然在這種時代活了十年。

嬸嬸原本想來幫忙，看我做得快速又專業，也就放棄了。

「小宇，你老實告訴叔叔。」叔叔臉色慘白的問：「我會變成活屍嗎？」

我搖了搖頭，說：「被咬不會有事，死了才會變成異物。」

叔叔卻還是不信，逼問：「真的？沒騙我？」

我脫口說：「我不會拿君君的命來冒險。」

聞言，叔叔鬆了好大一口氣，嬸嬸放心得直接哭了起來。

我卻很驚訝，從什麼時候開始，自己竟然這麼在意疆書君了？她是疆書宇的妹妹，可不是我的妹妹啊！

還有疆書天，直到現在，我竟然也不太願意相信他死了，總覺得他不會死。這又是怎麼回事？自己為什麼對一個認識不到一天的人這麼有信心？

難道因為這是疆書宇的身體，所以他的感情也影響到我了嗎？

垂下眼簾，我仔細包紮叔叔的傷口，但如果是以前，困在這種環境又受了重傷的人，我一定會殺了他！

雖然被咬不會變成異物，但是一般人被咬了卻很容易死，感染就是一大問題，現在手邊只有一般消炎藥，沒有抗生素這種東西。

至少該把這男人綁起來，免得他突然死了，但是我看了看嬸嬸和書君，嬸嬸正在餵叔叔喝水，書君則剪了一塊衣角，沾了水擦著叔叔臉上的血。

我說不出口。

拖著沉重的腳步到門邊，我勉強找了個沒被雜物擋住的地方，貼耳到門板上聽著外面的聲響，聽了好一陣子都沒有聲音，這才能放心地坐下來開始包紮自己的腳踝。

末世剛開始的記憶隔了十年已經有點模糊，但還勉強可以回想個大概出來，記得這個時候，異物吃了東西需要消化的時間還滿長的，尤其是吃了一整隻異物，應該至少會有個一兩天以上的緩衝期。

「哥，先別包了，我用水洗一洗，再用消毒水給你擦一擦腳，你的腳上好多抓傷呢。」書君邊說邊撕了一條衣角，她的上衣下襬都破破爛爛了，她不忍地說：

「哥你忍著點，一定很疼。」

我點了點頭，雖然這種抓傷應該不至於感染，但以自己現在的身體狀況來看，小心駛得萬年船。

看著書君認真擦我的腳，淚痕尚在，滿臉髒污，我突然湧上滿滿的心疼，這種陌生的感情嚇得自己差點彈起來。

「哥？」書君緊張地看著我，急問：「怎麼了嗎？」

「沒事！」我連忙對已經緊張起來的三人說，遲疑了一下，開口問：「君君、叔叔嬸嬸，你們覺得我變了很多嗎？」

書君眨了眨眼，說：「除了哥你知道這些事情會發生很奇怪，其他沒怎麼變呀，為什麼這麼問？」

沒怎麼變……

我沉默了一陣，勉強扯出笑容，裝作不怎麼在意的說：「我暈迷的時候做了個很長的夢，差不多有十年那麼久，而且我在夢裡不是這個樣子，變成別的人了，所以我想自己會不會變得像那個人。」

書君搖了搖頭，說：「真的沒變多少，只是二哥你比以前還要可靠，越來越像大哥了。」

沒變多少……難怪沒有被懷疑過，但我一點都高興不起來，痛苦地閉上眼，難道自己根本不是闕薇君，莫非那段人生真的是一場夢，我還是疆書宇？

「哥！」書君關心的問：「你怎樣了？頭疼嗎？」

「有點。」我勉強笑了笑，「給我一片止痛藥吧。」

「好。」

吃了藥，我閉著眼休息，趁機細細的回想，但不管怎麼想都真的完全想不起疆書宇的事情，就記得自己是闕薇君，記得那十年，記得他……

「哥。」

張開眼，書君正擔憂地看著我，「頭還痛嗎？」

「不痛，我只是閉目養神。」

先不想了，現在還是活命要緊！我站起來，用繃帶牢牢固定腳踝以後，雖然還是痛，但已經不會妨礙行動了。

「君君、嬸嬸，妳們幫我把東西稍微移開，讓門可以打開一點縫隙，我要看一下外面的狀況。」

「這太危險了！小宇你的腳還受傷呢！」嬸嬸立刻反對。

我搖了搖頭說：「我們不能一直關在這裡，這裡的物資太少了，我們撐不了幾天，一定要想辦法到地下室去，而且那個肌肉男可能是從外面來的，我們還得想辦法把大門關起來，不然要進來更多異物就糟糕了。」

「那個……肌肉男。」書君說到這詞時差點笑出來，但馬上恢復正經的說：「應該不是從外面來的，我見過他，他是護士小姐的男朋友，應該是昨天半夜前被護士小姐帶進我們家的。」

聞言，我氣得差點呼吸困難。真不應該讓護士留下來，平白多出兩個異物來，還都沒乖乖待在房間裡，竟然給我跑到物資第二多的廚房，真是氣死我了！我們本來可以安穩地度過末世初期的！

見狀，書君連忙拍著我的胸膛順氣，過了好一陣子，我才緩過來。

「移開東西，那個肌肉男剛吃了護士，會休息一兩天左右，我們要趁著現在到地下室去，不然等他消化完又餓了，這道木頭房門根本擋不住他。」

地下室的門是道不鏽鋼門，雖然不像屋子大門是雙重門，但是勝在裡面還有一大堆物資，光搬米包擋門就夠了。

聞言，書君和嬸嬸只得開始搬東西。

門縫一開，我朝外看去，走廊空蕩蕩的，那個肌肉男已經不在這裡，太好了，那傢伙要是定居在外面走廊上，那我還真不知該怎麼辦。

「我出去看一下。」

聞言，書君看了看那條門縫，神色有點恐懼，隨後又看著我，卻下定決心似的說：「哥，還是讓我去吧。」

「不行！」我和嬸嬸異口同聲，而叔叔受重傷又失血過多，已經累得倒在地上睡著了。

書君抗議道：「可是二哥你的身體還這麼差，怎麼能去查探呀？」

我搖搖頭說：「君君妳不明白情況，妳去看也沒有用，我得親自去看，妳在這裡跟嬸嬸一起照顧叔叔。」

跟君君拿了家裡的鑰匙，我走到門縫邊，遲疑了一下，轉身說：「死了以後會變成異物，如果叔叔他狀況不妙，妳們最好把他綁起來，一定要牢牢綁緊，如果真的死了……」

我深呼吸一口氣，說：「妳們一定要打爛他的腦袋。」

嬸嬸哽咽了一聲，用手摀住嘴巴。

書君更是臉色慘白，我朝她丟去一眼，即使她的眼神驚慌，但還是不動聲色的點了點頭。這個女孩子真是不錯，雖然看著柔弱，卻有活下去的韌性。

「記得叔叔不會想傷害妳們，所以別讓吞噬他的異物害死妳們。」

交代完，我深呼吸一口氣，從門縫探頭出去，走廊的地面和牆面滿是一片紅，

偶爾參雜著白色、肉色的碎沫，這要是讓書君看見了，不暈也得大吐特吐，怎麼可能還有辦法跨過這片血肉去探查情況。

但想想當初，自己在末世初期就只會尖叫，根本冷靜不下來，更別提拿棒球棍打爆人的腦袋，書君還是不錯的。

「……」

疆書宇肯定很愛妹妹。我有點無奈，這種純粹在心裡想想也要幫書君開脫的情緒是怎麼回事？

嘆了口氣，我繼續拖著沉重的腳步前進。

我的房間在二樓，只要到走廊盡頭就可以往下探見客廳，廚房也在一樓，要到地下室得經過廚房，但倒是不用進入客廳。

我輕手輕腳的走，手上只有一根棒球棍，沿路每個房間都關著門，推也推不開，肌肉男應該不在裡面。

到走廊盡頭往下一個探頭，肌肉男躺在客廳沙發上，雙眼閉著像在睡覺，整個肚子撐得圓滾滾，這如果是懷胎都得有二十個月了。

我深呼吸一口氣，用棒球棍輕輕敲一下樓梯欄杆，底下的肌肉男動了，讓我險些拔腿奔回房，但他只是翻個身，沒有更多動作。

靜靜待了一下，對方還是一點反應也沒有，我這才走下樓梯，然後快速轉身朝後方的走廊走進去，還停下腳步看了一下廚房的狀況。

廚房門口堆了半人高的雜物，應該是叔叔剛剛做的，只是來不及做完，我猜若不是護士有動作，就是肌肉男跑出來了，而這半人高雜物並不足以擋住護士，所以才出現剛剛被護士和肌肉男追殺的情況。

朝廚房裡探頭一看，裡面是亂了點，但物資基本上沒有受到太大損害，真是不幸中的大幸。

這時，我警覺地回頭一看，只看得見肌肉男的一條腿掛在沙發上方，其他都被沙發擋住而看不見，但很顯然的，他沒有出現太大反應。

地下室的入口就在一樓走廊的盡頭，我快速走過去，朝那道往下的階梯一看，不鏽鋼門好好地關著，我鬆了口氣，只要地下室沒事，我們在裡面活個一年半載是不成問題的。

走回房間，我輕敲了敲門，低聲說：「我是書宇。」

嬸嬸和書君立刻開了門，我沒有進去，而是低聲說：「把叔叔扶出來，我們到地下室去。」

兩人的眼神都發了亮。

叔叔一叫就起來了，這是個好現象，看起來剛剛應該是太累睡著而不是昏迷。

「閉著眼睛出來，慢慢前進，等我說可以張開眼再張開。」

一般人可沒那麼容易接受血肉模糊的場景，我可不希望他們剛出門就吐得天昏地暗，只能叫他們先閉眼前進。

我們一行人不管怎麼小心，動靜總是比我剛剛一個人大些，只能更緩慢地前進，磨蹭老半天才開始下樓梯。

三個人看見肌肉男那圓滾的肚皮，臉色都十分難看，八成明白過來為什麼我剛才要他們閉眼。

途中，肌肉男翻來覆去了幾次，嚇得我們好幾次停下腳步不敢動彈，但還是有驚無險地到了一樓，經過廚房，最後一行人到達地下室的階梯，我有種總算可以安心的放鬆感。

「君君、嬸嬸，妳們扶叔叔進去！」

我把鑰匙丟給書君後，握緊球棒，轉過身去看著階梯上方警戒，都已經到這裡了，就算肌肉男真的追來也不怕，就他那種緩慢的速度，敲他一棍子再往後逃跑都來得及。

背後傳來門打開的聲響，這讓我更安心了，比起之前那一次的末世，這一次有家人有居所甚至有大量物資，可真能算是過得不錯，如果疆書天能——

「呀！」

我猛然回過頭，看見一道黑影撲在書君身上，嚇得我的心臟都差點要停了，立刻衝上前去，一球棍打過去。

棒球棍卻被對方一手抓住，他的目標從書君轉移到我身上，用一雙血紅的大眼看著我，整張臉尖腮長下巴，已經完全不像個人，更像隻蝙蝠，臉上甚至還長了不少黑毛。

林伯！我心一涼，手上用力一拉，把他從書君身上拉過來，連同棒球棍一起甩到一邊去，同時高喊：「君君你們立刻進去，快進去！」

不知哪來的力氣，我奮力一推，書君撞上叔叔和嬸嬸，三個人一起跌進門裡，我正想跟著進去，卻瞧見書君驚恐的張嘴，還沒來得及吐出半個字，我已經知道她想說什麼了。

背後被重物撲上，我的肩膀傳來劇痛，是被爪子牢牢抓進肉裡的疼痛。

書君的眼裡充滿恐懼與害怕，更多的情緒卻是憂慮，最後她竟爬起來想撲向我。

在她驚慌的眼神中，我一把將門重重關上，然後立刻將門拴上，這是屋裡唯一可以從外面鎖上的門，這也是為什麼我把電鋸放在地下室，若是有人從外面拴上門，我們還可以用電鋸強行破壞。

雖然門內有電鋸，但物資堆得亂七八糟，一時之間是找不出來的。

顧不得會不會引來肌肉男，我對著門大吼：「別開門！君君，答應我，千萬不要開門！」

肩膀上的痛越來越劇烈，我一轉頭就聞見惡臭，他正張嘴朝我的脖子咬下來，我及時伸手卡住他的下巴，要是被那一嘴牙在脖子咬上一口，恐怕就真的只能進林伯肚子裡了。

我努力想把他甩下來，或許還有機會衝進地下室，但是他的雙爪卻牢牢地抓住我的肩膀，尖銳的指甲直接插進血肉，雙腿還纏在我的腰上，怎麼樣也甩不開。

到了這時，我已經痛得快要不能思考了，呼吸越來困難，明白自己恐怕快暈厥過去。

牢牢卡住對方的頭，我一步步走上階梯，意識越來越模糊，真不知道自己哪來的意志力繼續走下去，就算是上輩子也沒有這麼強悍。

走到客廳，我用力一腳踹動沙發，就算要死，也絕對不讓這兩個王八蛋稱心如意，起碼要弄死他們一個才甘心！

肌肉男發出一聲吼，出乎意料之外，林伯似乎很怕肌肉男，他聽見這吼聲，瞬間就從我身上下來，竄得飛快回地下室的階梯。

我渾身發冷，連嘴唇都冷得不停發抖，心如死灰的等著肌肉男起身撕了自己，但是，他竟然沒這麼做，只是翻個身繼續睡。

遲遲等不到死亡的降臨，我只能緩緩移動腳步，往身後的走廊走，進入最靠近地下室階梯的房間，關上門，連搬東西擋門的力氣都沒有，直接就倒在床上，意識漸漸模糊起來。

林伯守在地下室門口，沒辦法進地下室去，而我現在的狀況……

該死的護士！

更該死的林伯！

我一定是發燒了吧？

頭痛得快裂開了，臉頰發燙，身體卻覺得很冷，這個身體本來就還很虛弱，若不是經歷過黑霧，恐怕站也站不起來，其實我有點意外自己居然還醒得過來，這疆書宇的體質肯定很強悍。

實在渴到不行了，就算渾身無力也得起來找東西喝。

勉強起了身，發現這個房間似乎是林伯的，幸好之前放的物資還在這裡，不然一球棍把自己腦袋打爛也好過活活餓死又變成異物——話這麼說，但手邊居然還沒有棒球棍！

一口氣喝光三罐飲料，其實房內的物資不多，就一箱飲料、一個桶裝水、十來個罐頭，還有幾大包糖果和餅乾，照理說該省著點喝，但是依現在的身體狀況，說不定都見不到明天的太陽了，再省也沒有用，不如多補充點水分看看能不能讓身體好轉。

解完渴，我低頭檢視肩膀的傷勢，被開了十個指洞，雖然出血量不多，但是傷口看起來頗不乾淨，一旦感染，恐怕就沒有活路了。

找出醫藥箱，將消毒水像不用錢似的拚命灑上去，痛得我差點尖叫，原本因發燒而渾沌的意識都清醒過來了。

消毒完傷口，我又胡亂吞了一堆消炎止痛藥，然後拖著沉重的身體，勉強移了一張桌子去抵住房門，其他就真的無能為力了，我沒有力氣在不發出聲響的狀況下搬動更多重物。

做完這些事，我躺上床，累得眼皮快打不開了，卻又頭疼得睡不著，只能滿腦子胡思亂想。

上輩子是被撕碎死的，這輩子是發燒死的，相較起來，這世還算是個好死，只是被撕碎沒機會成為異物，發燒死卻會變成異物。

要是看見我變成異物，書君還不知道會有多難過，疆書天若回來，肯定會氣得把肌肉男和林伯通通都撕了。

現在只希望君君和嬸嬸千萬別出來找我；希望叔叔可以順利康復；希望疆書天真的會回來……該死！疆書宇你到底有多愛你的家人？為什麼連裡面換了人，我都不得不愛他們，死到臨頭也不得不擔心他們。

本來還想著念著二十一號以前要去死，現在卻不想死、捨不得死。

「君君……大哥……」

眼淚不停滑下臉頰，不知怎麼著，腦中閃過許多畫面，多半是大哥和君君，偶爾還會有「他」，還有在末世前期就死了的媽媽。

關薇君、疆書宇，兩個人的記憶混雜在一起，這時刻，我竟不知道自己究竟是誰。

我抬頭仰望，熟悉的父母只剩下照片高高掛著，周圍全是竊竊私語的聲音，唯

有妹妹的哭聲最清晰嘹亮，我轉頭看去，大哥正在和大人們說話，臉色很是難看，妹妹不敢靠過去，於是我走去把妹妹抱在懷裡。

聽著妹妹的哭聲，不知不覺，自己也鼻酸得跟著哭起來。

大哥終於走過來了，已經十七歲的他長得頗高，兩手一伸就能摟住我們兩人，任我們兩個在他懷裡哭成一團，但大哥自己卻死繃著臉，一滴眼淚都沒掉。

「小宇，這次哭完以後就別再哭了，你要幫大哥保護書君……」

小宇？這些是疆書宇的記憶？

搞不懂弄不清，我真是佔了疆書宇身體的關薇君嗎？

燒得渾渾噩噩，接下來，我清醒的時間不太多，唯一的慶幸是屋子裡沒有太大動靜，連肌肉男都遲遲沒有發出動靜，看來他消化需要的時間比我想像得還長。

末世第三天。

我抬頭看著鏡中的自己，就算不節制水和食物，努力想進食，還是瘦得剩下一把骨頭，本來就大的眼睛在臉頰削瘦之下，更是大得驚人，竟然有點像那個變得像蝙蝠的林伯，我死後搞不好也會變成那種異物。

拆開肩膀的繃帶，立刻襲來一陣腐爛的臭味，傷口感染了……

我需要抗生素，但是連地下室也沒有放抗生素，那種東西需要醫生處方箋，否則沒辦法輕易買到。

看來不用擔心會活活餓死了，這副身體絕對等不到消耗完食物餓死的那天。

我開始找皮帶，林伯的皮帶比疆書宇少多了，只找到兩條，正好左右腿各一條，然後將腿像之前那樣綁起來，只是林伯的床不像病床那般有欄杆可以綁，我只能加點工，把衣物撕成長條後纏在床腳上勾住皮帶。

又過了一天。

靜靜躺在床上，我有種預感，這次閉上眼，應該不會再張開了——應該說，張開眼睛的東西也不是我了。

至少救了君君、叔叔和嬸嬸，我這輩子在末世活四天比上輩子活十年都有用了。

大哥，回來吧，之後的日子，君君只能靠你了。

我睜著眼看著天花板，想著地下室的親人，萬分不甘願死，所以努力睜開眼想撐到最後一刻，眼皮重到快撐不下去，在闔眼之前，突然聽見一陣吵雜聲。

該不會是君君他們還是出來了？我激動得立刻清醒不少，努力傾聽。

腳步聲，像是打鬥的聲響，還有一聲聲的叫喚……

「書宇！」

是叔叔和嬸嬸在叫我嗎？不，你們快回去地下室，快回去——

「書君！」

我一怔，難道是……

「你們在哪裡！快回答我！」

那叫喚聲聽起來逼近瘋狂。

我突然明白了，渾身一顫，用盡全身所有力氣大叫：「大哥——」

叫聲停了，我開始懷疑這是不是自己臨死前的幻覺，但接下來，整扇房門被撞開來，連我之前推去擋門的桌子都被這巨力撞得飛到旁邊去。

一個人衝到床邊來，低頭看著我，渾身一僵，連父母的葬禮都不曾落淚的臉崩了。

「書宇……」

疆書天低下頭來，撫著我的臉頰，手在顫抖，聲音竟帶著不能抑制的哽咽。

雖然看不見，但我心裡知道自己的臉一定很恐怖，昨天看起來已經像具骷髏，今天就要死了不知道像什麼玩意兒，說不定比異物更駭人。

我蠕動嘴唇，卻再也發不出聲音。

「什麼？」他急忙湊上來聽。

我奮力擠出字句來，「地下室、君君。」

他立刻說：「別擔心，雲茜去看了。」

我放心了，沒事了，有大哥有物資，末世都不算什麼了……

「書宇！」

一個醒轉，我看向大哥，怪了，他明明就在旁邊，我卻覺得他的聲音從很遠的地方傳來。

大哥慌亂的神色讓我感覺很驚奇，一向沉穩威嚴的大哥居然會這麼失控？他朝著旁邊怒吼：「把抗生素拿過來！立刻拿來！書宇，你給我醒著，保持清醒，書宇——」

第四章

我是關薇君

再次撐開眼睛的時候，我的腦袋只有一個念頭。

疆書宇不但是個健康寶寶，肯定還是運動健將，不，根本是不死身吧他？床邊，書君噴出淚來，再次哭得沒半點漂亮女孩的風采，我的腦中卻只能煞風景的想著：疆書宇到底有著什麼等級的生命力啊？這簡直不科學！

先是被磁磚打到頭躺了一個多月，撐著那樣的爛身體還挺過審判時刻，接下來沒得休養，跟護士、護士男友和林伯展開生死搏鬥，肩膀被捅了十個洞，最後傷口感染，拖到第四天才打抗生素。

這樣都死不掉？

前世，我可是看過很多人不小心在手上被割破一道傷口，沒幾天就傷口感染死翹翹了！

我還來不及跟書君說句話，她就衝出去像瘋婆子般大哭大叫：「二哥醒了，二哥醒了啦！」

接下來就如我第一天到這個世界上的狀況，一堆人衝進來，眼巴巴的盯著我不放。

疆書天伸出手來似乎想拍拍我的肩，但是伸到一半又縮了回去，沒真的拍下來，我想他大概是擔心這一拍下去，搞不好弟弟的肩膀會骨折。

剛剛我就發現自己的手看起來真是枯枝一把，再禁不起半點風吹雨打，這身體真得好好調養了。

「書宇，你做得很好。」疆書天先是稱讚，隨後立刻變臉斥責：「就是太逞強了！你差一點就——」

他停下話來，似乎不願說出那句話來。

我微微一笑，雖然有千言萬語，就是立刻抱著大哥小妹痛哭一場都不為過，但是卻不得不先說一句煞風景的話。

「大哥，我想上廁所……」

疆書天一愣，哈哈大笑。「好，大哥帶你去。」

我一愣，正想反對時，又作罷了，反正自己現在的狀況根本不可能獨自去解決生理需求，而叫大哥以外的人帶我去上廁所好像也沒有比較好。

被大哥一把公主抱起來，我真是五味雜陳，記得自己還是女人的時候，可沒有這種待遇，反倒是成了男人才被「公主抱」，真讓人哭笑不得。

被放在馬桶上，我瞪著疆書天，他回看著我，莫名地問：「怎麼了？你不是想上廁所嗎？」

我老實的說：「大哥你出去吧，你在這裡，我上不出來。」

疆書天笑了，「有什麼好上不出來，之前護士不也看著你嗎？」說到這裡，他突然停下話來，語氣一轉，帶著怒氣質疑：「該不會她之前就是放著你不管？」

「沒有，她很盡責。」

雖然對護士和她男朋友有著滿腔憤恨，但我還不至於去污衊一個死到進別人肚子裡的傢伙，她做為一個護士，還是很盡責的。

只是大哥和護士可不一樣，很多人可能敢在護士面前撒尿，但你敢在威嚴無比手持關刀的大將軍面前撒尿？不管你敢不敢，總之我是不敢了，感覺下面陣陣涼啊！

更何況這大將軍還長得很帥！我幾天前可還是個女人啊，雖然末世十年的女人跟男人也沒有多大差別了，但是在帥哥面前撒尿什麼的，不要這麼挑戰我的臉皮厚度！

「你慢慢上，現在不趕時間。」大哥坐在浴缸邊緣，不滿地說：「你這身體，就是上個廁所，我都怕你整個人散架！」

這憂慮還真不是說假的，我整個人就像根枯枝，點個火柴就燃燒了，只好放棄讓大哥離開的念頭，努力不去看他——為什麼大哥你蹺腿坐在浴缸邊也可以這麼有氣勢啊！翹腿能不能不要蹺得這麼像雜誌模特兒！

在最短時間內不要臉面的把生理需求解決完，還好只是小號，如果是嗯嗯，我覺得不管怎麼努力都肯定做不到……

一定在五天內恢復到可以自己上廁所，不然便祕定了，之前在藥局掃貨的時候

不知道有沒有買通腸藥？

大哥突然淺笑了起來，搖頭說：「你到底在想些什麼呢？從以前就愛胡思亂想，書君都說你的表情比故事書還好看。」

我一怔。又再一次驗證疆書宇和自己的相似。

被送回床上，我睡不著又沒辦法做什麼，只好東張西望看看周圍狀況，發現自己在一個陌生的房間，既不是之前差點在那裡往生的房間，也不是自己的房間，大概是因為那裡的東西被我們三個推去抵門，整個亂七八糟的吧。

周圍是薰衣草色的壁紙，這應該是書君的房間，但我身下躺的那張還是病床，應該是從原本的房間拿過來的，我這等傷患躺在病床上是方便多了。

至少喝雞湯方便多了……但怎麼還有雞湯？我百思不得其解，現在根本沒有電力，冰箱都不能用了，就算之前有買雞也早就腐敗了吧？

「是真空調理包。」君君拿著碗，一邊餵我一邊眨著無辜的雙眼解釋：「在超市買東西的時候，我拿了好多雞湯調理包和雞精，想說真的發生什麼事，還可以繼續給二哥你補身體。」

我服了妳！

末世十年後，我第一次喝雞湯這種東西喝到怕！

「書君做得好。」疆書天揉了揉妹妹的頭。

書君一臉傻笑，大概很少被自律甚嚴的大哥稱讚。

「大哥，你怎麼這時候回來？」我實在很好奇，如果願意聽我的話回來，那早該到家了，如果沒上飛機回來，那肯定就回不來了。

二十一號以後，飛機這種東西短時間內或許還可以飛上天，但絕對輪不到一般人去坐，除非大哥比我想像的更威……

「你別停下來，繼續吃東西，我說給你聽。」

我點了點頭，皺眉繼續讓書君餵著雞湯粥。

「我答應你以後就立刻去訂機票，但是臨時要弄機票不太好弄到，飛機在二十號晚上六點左右才抵達，那時候已經有霧氣，飛機不肯降落。」

說到這，他帶著憤怒的語氣說：「廣播說要等霧散才降落，我招了空姐說明霧只會越來越濃，他們卻不願意相信，一直到了八點，飛機都快沒油了，那些蠢貨才不得不降落，那時候霧濃得看不見跑道，害得飛機差點墜毀。」

原來如此，我聽得心頭陣陣跳，還好沒真的墜毀。

大哥看向我，說：「你說要抗生素和槍，那兩樣都不好帶上飛機，我回來以後才去弄，那時霧太濃，大家都開始發現不對勁，一些接頭的人都聯絡不上，所以我

花了點時間才搞到東西。」

原來是我的錯啊！可是抗生素救了我的小命，這真是很難取捨——等等，要是大哥一開始就在家，我根本就用不到抗生素吧！

我緊盯著大哥，以前他在家多半是休閒服，外出是西裝居多，但現在的穿著打扮完全不一樣，他正穿著一身迷彩裝，兩脅和腰間都有槍套，腳上踩著軍靴，靴子兩側還插著匕首。

這樣的大哥用拳頭就可以斃了護士，再加根球棒就可以斃了護士她男友和林伯，根本用不上槍啊！

我真是自作孽不可活了，大哥比槍和抗生素重要多了啊！

大哥遞來面紙要讓我擦嘴，但當我努力想抬起手來的時候，他就直接幫我擦去嘴邊油漬了。

他低頭看著我的手，語氣帶著濃濃的自責，繼續說明：「一切都是我疏忽了，等做完交易出來的時候，霧已經濃得看不見路了，而且一碰到那霧，皮膚會有刺痛感，那時我不確定是不是有毒，而且我們人還在市區，開車回家平時要一個多小時，這種看不見路的狀況說不定要超過三小時，如果霧有毒，我們沒辦法撐到家裡。」

我點了點頭，還不到審判時刻，黑霧的殺傷力不強，就是一點刺痛感而已。

「我只得回去再想辦法交易防毒面具和氧氣筒。」大哥平靜的說：「這兩樣更難換了。」

當然，大家都發現這霧不對勁，防毒面具和氧氣筒當然要自己留著，沒有人肯換才是正常的。

「我和對方僵持的時候，發生變故，有人想要硬搶就開了槍，因為被開了頭，現場發生槍戰。」

旁邊的書君驚呼一聲，差點把粥餵到我的鼻子裡去。

疆書天皺了下眉頭，提醒：「君君小心一點，妳二哥不能再嗆一下了。」

「對不起！」書君歉疚地看著我，溫柔地用面紙擦去我鼻頭上的粥漬。

我連忙緩頰說：「哪有這麼脆弱，嗆一下就會怎麼樣，而且我自己剛剛也讓那槍戰嚇了一跳，更何況是君君。」

疆書天沒好氣的說：「你寵書君也要有個限度，幸好她本性就不驕縱，不然真要被你寵壞了。」

啥？是「我」把妹妹寵壞的嗎？不是你把弟弟和妹妹一起寵壞的嗎？

看見我的神色，疆書天遲疑了一下，還是開口問：「書宇，你還是什麼都沒有想起來嗎？」

「只有一些畫面，但是不多，而且也連貫不起來。」我十分誠實的回答，但卻不能肯定那些畫面究竟是「我」忘記的事情，或者只是疆書宇殘存在這具身體裡的記憶。

聞言，疆書天卻放鬆了神色，出言安慰：「有畫面就表示你在復原了，再不久應該就會想起來，不用著急。」

我沉默不語。若真想起來了，那我究竟是誰呢？

「槍戰之後呢？」我不想糾結那種問題，越想越弄不清，只得轉移話題。

「我不想參與槍戰，但不得不弄到防毒面具和氧氣筒，又花掉不少時間。」

疆書天沒有多解釋最後他到底是怎麼弄到防毒面具和氧氣筒，我也沒問，書君則想不到那些。

「我們上車時，已經過了午夜。」

他平靜地說到這裡就停頓住了，但大家都明白接下來的事情，過了午夜，審判時刻降臨，那是肯定沒辦法回來了。

「隔天早上，我第一個醒過來，後來其他人也陸續醒來，但有兩個成員不對勁……」疆書天遲疑了一下，看我們神色自若，這才坦承：「被我們殺了。」

「大哥你一共帶了多少人？」我好奇地問。

「連我共八個。」

八個裡面只有兩個人變成異物，這比例真是很低了，可想見大哥帶來的那些人有多強悍！

「書宇，你在夢裡有看見多少人會變成怪物嗎？」

「一半。」我抬起頭來，再認真不過的說：「大哥，有一半的人類都變成異物了，而且連動物和植物也會變成異物。」

這是地球上所有生物而並非只有人類的末世。

出乎意料之外，疆書天沒有太震驚的表情，我想想也是，這四天來，他從城市回到家裡，雖然開車路程只要一個多小時，但是在末世，一個多小時就夠讓人死上一百次，沿路上的危險恐怕多得讓人不敢想像。

「城市的路上全是車，黑霧來臨時，很多人想要逃跑，全堵在路上了，根本沒辦法把車開出城市，所以我們只好棄車，打算走到城市邊緣再找輛車開，結果沿路碰上不少……異物。」大哥這次選了和我一樣的說法，「又拖了點時間，所以回來晚了，抱歉。」

講得真是輕描淡寫，我和書君都聽傻了，三個異物就差點把龜在屋子裡還有萬全準備的我們通通搞死了，大哥他們可是露天走在充滿異物的道路上啊！

不過話說回來，大哥有槍，我只有棒球棍；大哥有身經百戰的同伴，我就只有妹妹、叔叔和嬸嬸——我努力安慰自己不是太沒用，明明都穿越了還混得比原住民慘。

「想什麼呢？」大哥揉了揉我的頭，說：「別動太多腦子，你現在最需要的是休息，一切有大哥在，你不用煩惱。」

「叔叔沒事吧？」我突然想起來，叔叔也受了傷的，不會感染了吧？

大哥笑著說：「沒事，嬸嬸在照顧他，叔叔的狀況比你好得太多了。」

聞言，我真的放心了，安然地和妹妹聊天說話到不知不覺睡著為止。

接下來幾天，我徹底在當一頭豬，吃飽睡睡飽吃，根本沒出過書君的房間，而書君這妹妹真的沒白疼，她整天就負責照顧我，簡直無微不至，我使個眼神，她都能知道我是餓了還是渴了還是想上廁所了。

漂亮可愛善解人意又不辭辛勞地照顧我，君君！如果我是個男人，我一定娶妳！

等等，我真的是個男人——卻是妳哥。惆悵了……

「你又想什麼了？哥，這是什麼表情啊！」書君笑個不停。

我可憐兮兮的說：「想著我是妳哥，所以不能娶妳當老婆了，君君妳說我會不會其實是領養的？」

書君白了我一眼，點評：「以你這長相，尤其是這雙眼睛和我簡直一模一樣，如果我們不是兄妹，你肯定是我爸！」

我慘叫：「啊，沒救啦！」

「什麼沒救了？」大哥正巧走進來，臉色沉了下去，顯然覺得這幾個字並不好笑。

我連忙解釋：「我說我和君君是親兄妹，沒救啦，我不能娶她當老婆。」

聞言，疆書天的神色緩了一些，沒好氣的說：「你啊，從小就嚷著要娶妹妹，她真會被你嚷到嫁不出去。」

我臉色一變，書君立刻著急地問：「二哥，你怎麼了，哪裡不舒服嗎？」

勉強扯開一抹笑，我轉移話題道：「沒事，只是我可不可以出房間晃晃？一直在房間裡實在太悶了。」

大哥遲疑了，但在我和書君的懇求神色之下，他還是同意了。「好吧，但只能坐輪椅，我抱你上去。」

我乖巧地點了點頭，任由大哥把我抱上輪椅，從房間推出去。

關薇君、疆書宇，越來越多共同點，到底真相是什麼，我不敢想。

到了客廳，那裡有四個人正懶洋洋地坐在沙發上，一個在看書，那是之前見過的人，大哥的祕書，鄭行。

如果他真是祕書，我肯定是個男的……咳咳，又忘了自己現在是個男人。

其他三個則是我沒有見過的人，而且也沒看見曾雲茜。

但他們都有個共通點，穿著類似迷彩戰鬥服的裝扮，身上都有槍械刀具。

我平靜地問：「大哥你不是開設計公司的吧？」

疆書天愣了一下，說：「不是，我有一支雇傭兵團隊。」他停了一下，補充說：「你原本是知道的，那謊言只用來瞞書君、叔叔和嬸嬸。」

這話引得書君不滿地嘟了嘟嘴。

「坐在單人沙發上的是小殺，金髮的是凱恩，女的是百合。」疆書天有點尷尬的說：「你以前都見過的。」

四人裡面，那個小殺看起來最年輕，有種二十出頭的錯覺，但我想不可能只有二十出頭，那眼神太成熟了，他的個性挺淡然，大哥介紹他的時候，只是扯了扯嘴角當作打招呼。

一頭金髮的凱恩則是外國人，看起來熱情多了，介紹到他的時候，他不但揮手還奉上一個燦爛的笑容，一口白牙閃得我眼都花了，是個標準的外國帥哥。

女的是百合……這句話有點歧義啊！讓我不禁擔心大哥的國文程度。

這名女性是標準的戰鬥型，一身古銅肌膚，手臂還有小小的二頭肌，看起來比剛從枯枝進化到樹枝的我還要壯實多了，但即使如此，她看起來也不會太過粗壯，反而十分健康性感。

「總算比前幾天有點肉了。」凱恩走到我身旁，捏捏我的手臂，說：「還是瘦得誇張，但比剛見到你好一些，之前看見你瘦得像乾屍的模樣，老大都要瘋了。」

「什麼乾屍！」疆書天不高興了，「我弟弟活得好好的！」

一旁的百合插話說：「沒錯，再餵幾天就是以前那個小帥哥了，到時候可要讓姐姐親幾口。」

我有些意外，這個百合開口顯然是要打圓場，想不到她的外表看起來是個戰鬥型女王，但個性似乎不怎麼女王。

「那我可不可以選擇親君君幾口啊？」凱恩笑嘻嘻地說。

「不行！」我脫口而出。

「戀妹狂。」一旁的小殺冷哼了一聲。

怎麼有一種被捅刀的感覺，我才不是戀妹狂，我喜歡的可是男人——等等！現在喜歡男人好像更糟糕啊？

晴天霹靂！我到現在才想到性向問題，之前光想著末世，想著怎麼活下去就飽了，性向這種事情排行可靠後了，要思淫慾也得先飽暖啊！

但現在有了大哥，生存不用愁，還有滿地下室的物資，吃飽穿暖也不用愁，才終於讓我想起性向這東東來了。

雖然現在有著男性的身體，但靈魂怎麼也是個女人，這到底該找什麼樣的對象？莫非要搞同性戀？就我女人的本質搞不好還得當個0號……

不行！絕對不行！上輩子見過太多女人被強暴，在末世前期，女人甚至還得求著拉著有能力的男人上她，用來換一些物資，才有辦法活下去，卑微得讓人真不想活了。

這輩子好不容易翻身，不管是男的還是女的通通都別想上我！

下定決心，我堅定抬起頭來，看見滿屋子的人都盯著我看。

大哥滿臉無奈。

小妹悶笑的說：「三哥又在胡思亂想了。」

我漲紅臉，轉動輪椅背對眾人，隨口丟一個藉口。「我要去洗澡了再見。」

「你是打算洗澡還是害死自己？」大哥沒好氣的說：「連站起來都有困難，你還想自己去洗澡？我去幫你洗，我自己也該洗洗了，身上味道太重不利於出去找物資。」

「我只是找個藉口想逃跑而已。」我不得已承認：「不用洗澡了，現在水很重要，怎麼可以拿來洗澡。」

大哥淡淡的說：「別擔心，不要太浪費就好，附近水塔不少，但人不多。」

我一怔後就想通了，這裡是郊區，幾乎都是獨幢房屋，屋子頂樓都有水塔，但一家只要出一個異物，接下來多半就沒活人了。

雖然末世會有人掠奪物資，但郊區這邊多是家庭，只要死一個接下來就死全家，活著的人太少，而城市裡的人卻還走不出來，也只有大哥這種極少數才有辦法出城。況且城市的物資比郊區多很多，他們的掠奪目標還不會轉移到這裡。

遲疑了一下，在大哥一句「大家都洗過了，就剩你」，我就立刻屈服了，能夠洗澡，沒有人想滿身汗臭加血味。

進了浴室，我再一次晴天霹靂想到自己的內在是個女人啊！

讓個霸氣十足的俊男服侍自己洗澡，真是一件女人都幻想過的香豔事情——如果我的身體也是個女人，那的確還滿香豔的，但目前我是個男的，還是霸氣俊男的親弟弟，而且瘦得像根樹枝！

就算想跟前世的那些腐女朋友們借鏡，胡思亂想什麼帥哥美男戀，用來少一點

被人洗澡的尷尬，但一看見自己的身體，就真的完全想像不出來。

我的身體真的慘不忍睹。

整個身體瘦骨嶙峋，肩膀前後包著繃帶，身上大大小小的瘀青擦傷抓痕，傷口數都數不清，連手指都有兩片指甲不見蹤影，不知是哪一次搏鬥掉的。

疆書天輕柔地扶我坐在凳子上，背靠著浴缸，確定我不會滑倒以後，這才開始用毛巾沾了肥皂水仔細擦著我的身體。

先小心翼翼地擦著臉，這張臉現在是有稜有角就像個菱角，再來是細得像根筷子的脖子，然後是胸膛根根瘦得突出的肋骨……

過程中，疆書天的眉頭皺得死緊，臉色黑得像是世界末日——又來了個不良形容詞，現在就是世界末日！

「我只是瘦了點。」我開口安慰：「多吃幾天就胖回來了。」

聞言，他低聲說：「你以前是個運動健將，從高中開始就有各種運動社團拉著你加入，你還跟我提過很苦惱上了大學要參加哪一個運動社團。」

還真的被我猜到了。

「之前你被磁磚砸到頭，我很難過，但也知道沒有辦法預防這種意外，但是這一次，你提前警告過我，而我竟然還是沒回來保護你們！」

疆書天咬著牙，滿腔都是對他自己的憤恨，啞著聲音說：「如果不是你，這個家一個人也活不下來！」

我老實的說：「別的人我不敢說，但大哥你肯定能在另一塊大陸活得好好的。」

疆書天一震，竟破天荒帶著驚慌語氣說：「我差點就要待在另一塊大陸，再也回不來，永遠都不知道你們怎麼了。」

大哥果然也猜得出這種情況下，他根本無法從冰洲回到梅洲。

「其實之前我有點後悔跟你說，就怕我把你害死了，因為飛機墜毀、從機場來不及回家或者困在異物的手裡什麼的。」

「不用後悔！你做得很好。」疆書天低斥：「不要擔心那種事情，有危險就立刻告訴大哥，你不用煩惱我的安危，就像你剛說的，我肯定能活得好好的，也肯定讓你們也活得好好的，就算世界末日，我們家也不會出一點事，大哥會保護你們！」

會保護……

不知不覺，眼眶竟濕了。

上輩子，我也有個人可以依靠，從一開始的彼此依賴，漸漸變成施捨和利用，最後自己還是被拋棄了。

這輩子，能夠依靠的人看起來更可靠了，卻不是真正在保護我這個人，一旦被

發現真相，我或許還是會被拋棄。

疆書天伸手抹去我的眼淚，不解地問：「哭什麼呢？你會康復的，鄭行是戰地醫生，他說你年輕復原力好，養一段日子就好了，不會有後遺症。」

搖了搖頭，眼淚卻仍舊一直掉，果真還是女人，淚水都不值錢。

我不是疆書宇。

我是關薇君。

「大哥，我在夢裡是個叫關薇君的女人，我做了整整十年那麼長的夢。」

「我想不起來疆書宇的事情。」

「我搞不清楚自己究竟是誰。」

疆書天一怔，我痛苦地閉上眼，不想見到他的驚疑和怒火，腦海卻忍不住想起他的那雙大手應該可以直接捏斷我現在細如筷的脖子吧。

遲疑了一下，我終究還是承認：「我、我應該是關薇君。」

頭上突然傳來被揉的感覺。

「你就是我弟弟疆書宇，我再明白不過，你如果是別人，我和書君一定會發現，絕對！」

我一僵，睜眼看向疆書天，對方只有堅定的表情，我顫抖的說：「那關薇君……」

「大概是你的前世吧！」大哥一口咬定：「一定是敲到腦袋讓你想起前世的記憶！你前世是個叫關薇君的女人。」

呃，等等，大哥你這邏輯不對吧，我又沒告訴你平行世界的事情，你不覺得我的前世活在未來，存活時間還和現在的自己重疊了，這有點奇怪嗎？

我可是預言末世的到來，大哥你不要忘了這個啦！

大哥斥責地說：「你從小就愛胡思亂想，這次真是太誇張了，不過是失憶想起前世而已，你也能懷疑自己不是書宇。」

等等啊，大哥，你不要就這麼斷定是前世了啊！而且什麼叫「不過是」失憶想起前世啊？難道前世這種東西是忘記放在哪的鑰匙這種小事嗎？

我瞪大眼看著大哥，他卻一副沒事人的樣子，似乎剛剛根本沒聽見什麼嚴重的事情。

「可是、可是……如果我真的不是疆書宇呢？大哥你會怎麼辦？」

我還是不能相信也不敢相信，要是一直這麼接受疆書宇的待遇，如果哪天真的被發現我根本不是疆書宇，眼前這個男人一定會從大哥化身為魔鬼吧！

若要掐斷我的脖子就趁現在，我無法再承受一次付出感情後卻被背叛的滋味！

疆書天一把抱起我，嚇了我一大跳，還以為他決定不掐脖子而改要摔死我了，但他只是輕柔地把我放進浴缸中。

書君特地燒了一堆熱水讓我泡澡，只有我有這個待遇，其他人都只是淋浴而已。

「你怕我會傷害你？」疆書天敏感地發現了。

熱水很舒服，但大哥這話卻讓我忍不住顫抖，遲疑了一下，最終還是用力點了點頭。

疆書天的臉色沉了一下，蹲下身來與我平視，發下承諾：「書宇，我永遠都不會傷害你和書君。」

我抬起頭來看著他，厲聲道：「如果我真的不是你的弟弟疆書宇呢？」

疆書天看著我，他這個人就算沒有任何表情，也不怒而威，但我卻毫不退縮地回視他，今天一定要得到答案，再也不願這麼瞞著藏著，明明就越來越喜歡這家人，卻又害怕有一天真相曝光，家人卻成仇人……

大哥突然笑了出來，帥得差點閃瞎我前世加今生的眼。

「既然你把事情坦白地告訴我，我也答應你，不管怎麼樣我都當你是書宇，這樣總行了吧？」

說完，他再次揉了揉我的頭，就自顧自的脫衣洗澡。

我愣愣地看著大哥，回想著他剛剛說的話，有點反應不過來，他到底是堅持認為我是疆書宇，還是不管怎樣他都要有個弟弟疆書宇，或者我真的就是疆書宇……想到我整個人都亂了啊！

好不容易回過神時，他媽的一個裸男就這麼站在面前，還拿著肥皂在他自己身上擦來擦去，從那張英俊逼人的臉往下擦到形狀美好的鎖骨，再來是膨脹的胸肌和結實有力的二頭肌，低一些是六塊腹肌……

喔喔喔喔喔！千萬不要繼續往下看！別忘記對方剛剛才說過不管怎麼樣都當你是他的弟弟啊！

身為弟弟，意淫大哥什麼的，真的不能更變態了！

要是書君知道我對大哥有邪念還不知會怎麼想我——等等，這個時候，我怎麼關心的是妹妹的想法？這怎麼也該是擔心大哥會怎麼想吧？

該不會疆書宇你這傢伙真的戀妹吧！

身體戀妹，靈魂戀兄，能不能變態得更上一層樓！

現在的我，喜歡男人是同性戀，喜歡女人也是同性戀，意淫哥哥妄想妹妹——這還有得治嗎？我能不能放棄治療啊？

暈陶陶地被送回床上，我縮在棉被裡頭裝死，剛剛居然看猛男出浴看到流鼻血，把大哥嚇了好大一跳，他以為我有內傷，我亂七八糟的解釋一通也解釋不清，只好裝作泡澡泡得頭暈來轉移他的注意力，所以說色慾薰心什麼的真是要不得啊！

書君目瞪口呆地望著兩眼螺旋狀的我，驚呼：「二哥這是怎麼了？怎麼洗澡洗成這樣？」

大哥招了招手說：「書君妳過來，我要告訴妳一些事。」

接下來，疆書天居然把我坦白的話告訴書君，我差點從被窩彈起來阻止他，要是書君用異樣的眼光看我，還真的讓人有點接受不了，我還想好好和可愛的妹妹相處啊！

但轉念一想，既然都告訴大哥了，那乾脆早點把全部事情都捅一捅，好過七上八下的吊著心，又愛又愧疚的折磨人都快要發瘋了。

我挪了挪位置，從被窩縫隙偷看著大哥和妹妹。

疆書天平靜地問：「書君，妳覺得妳二哥是不是變了？」

書君皺了皺好看的彎月眉，立刻反駁：「才沒有變呢！大哥，二哥是被磁磚砸到頭，難道你也被砸到了嗎？」

妹妹妳威武了啊！居然敢這麼跟大哥講話，不愧是曾經拿球棒打爆一顆腦袋的悍女！

「二哥和以前有多大差別啊？他醒來沒多久就叫我君君，最近幾天一放鬆下來就天天喊著要娶我，和以前根本都一樣，怎麼可能不是二哥。」

我一愣。

是呀，自己為什麼叫她君君？以前我叫做闕薇君，大家都叫我小君，為什麼我不把她同樣叫做小君，反而叫君君呢？

我遲疑了一下，或許因為這是疆書宇的身體，這根本是反射性動作？

難道真的可以相信自己只是恢復前世記憶這種說法，而不是搶走疆書宇身體的孤魂野鬼？

書君一口咬定：「很簡單，二哥就是被打到頭，恢復前世的記憶了嘛！」

居然得出和疆書天一樣的結論，你們真的是兄妹啦！前世活在未來還和現在重疊是不對的吧！你們的邏輯收哪去了啦！

「我也是這麼想。」疆書天點了點頭，竟扭頭朝我的位置看過來，笑著說：

「聽見了嗎？書宇，別裝睡了。」

我一僵，心不甘情不願地掀開棉被。

「二哥你真的胡思亂想到一個境界了啦！」書君一邊說一邊還拿毛巾過來幫我擦乾頭髮，這世上怎麼會有這麼好的妹妹！

「我只是……」

說不出口，我還是很懷疑，身為關薇君的記憶那麼清楚，可不是十年而已，是整整活了三十五年啊！雖然末世之前的記憶都很蒼白，但那只是因為末世實在讓人印象深刻到蓋過一切而已。

身為疆書宇卻只有幾個零星片段，還是夢見的，怎麼可能有辦法認為自己是疆書宇！

這時，書君突然撲到我的懷裡，她用的力道不大，但還是磕得我胸口發疼，我卻一點也不在意，回抱住她，立刻有種安心滿足的感覺。

書君帶著哽咽的聲音懇求：「二哥你不要想那麼多，好好養身體就好了啦！你現在真的好瘦好瘦，看得我好難過。」

「好，我不想了。」我立刻老實答應下來。

「果然還是要書君出馬。」大哥沒好氣的說：「你啊，真想娶妹妹了是吧？」

我心虛了，哪怕是個女人本質的哥哥，如果真有機會，還是想娶了妹妹書君，這種想法實在太變態了！嗚嗚，疆書宇你是個戀妹狂大變態啊！

我苦著張臉，不知該拿這種意淫大哥迎娶妹妹的念頭如何是好。

大哥看了看時鐘，對我說：「你睡會吧，我要出去替雲茜的班，她還在閣樓警戒。」

聞言，我一個警醒，想什麼淫不淫哥哥娶不娶妹妹的，現在可是末世，活下去增強實力才是最重要的事情！

而且末世什麼樣的變態沒有，戀妹淫哥的不過是個小咖呢！

「等等，大哥，今天是幾號？」

疆書天停下腳步回答：「六月二十九。」

竟然就是明天了！我連忙說：「哥，你先別走，坐下來聽我說，三十號會出大事！」

大哥思索了一下，說：「你累嗎？有力氣去客廳跟所有人說？」

我遲疑地說：「大哥你跟他們說過是我預告末世？」自己該不會被當成妖孽之類的東西吧？

疆書天點頭，說：「不要擔心，你知道末世的狀況，所以你最重要。」

原來如此，這樣一來，就算我現在像根樹枝，只有燃燒這個用途，所有人第一目標還是保護我——這怎麼行！書君才是最重要的！

我拉著書君，心中決定不管到哪都要讓君君跟著自己。

到了客廳，大哥讓所有人都待在那裡，連負責警戒的曾雲茜都從閣樓下來了。所有人的注意力都集中在我身上，我不知道他們到底有多信我說的話，總之就算有人懷疑，也把懷疑的情緒藏得很好。

我思考了一下，決定從黑霧開始說明：「審判時刻的黑霧會讓熬不過去的人變成異物，但也不是沒有好處，異物很強大，但沒有死的人一樣會變得強大。」

眾人一震。

「差不多是末日第十天，大家就可以發現身體不一樣了，還會衍生出特殊能力來。」

疆書天更進一步問：「什麼樣的特殊能力？」

「很難說得清楚。」我有點苦惱地說：「那些能力非常五花八門，沒有人真的弄清楚這些能力是怎麼來的，有些理論認為這是自己潛意識想要的能力，所以大家今晚努力想著要什麼樣的能力，可能會起到一點用處吧。」

「這真是太好了！」凱恩歡欣地說：「這樣我們就更不用怕那些東西。」

我搖了搖頭，說：「其實不好，雖然末世前十天，異物殺了很多人，但有許多人其實是反應不過來才被殺的，其實那些異物很多都不強，就是比一般人好些而已，但是十天後，雖然我們變強了，但異物也會變強。」

如果，這具身體不是剛躺一個多月醒來這麼爛的話，光憑末世十年的經驗，我都能拿棒球棍把家裡那三隻異物慢慢解決掉……呃，肌肉男可能要另找辦法解決。

如果異物只有這種程度，這就算不上末世了。

大哥沉吟的問：「你說末世十天後開始不好，是異物進化的速度比我們快？」

我思考了一下，說：「也不是進化的速度比較快，只是他們沒有道德觀念，但人會怕異物，也會恐懼噁心想要逃跑，可是那些異物不怕人，只有遠比自身強大的目標才會讓他們有動物般逃避的本能。」

總的來說，一般人怕狠的，而狠的又怕不要命的，異物就是狠的加上不要命的，這能不兇悍嗎？

「而且很多異物在末世十天內就吃了很多『食物』，所以剛開始，他們會比我們強很多。」

大哥更進一步問：「你說的食物是什麼？」

「熬過黑霧的人。」

眾人的臉色都變了。

「要變強必須吃人？」大哥皺緊了眉頭，饒是他這麼強悍的人，聽到吃人還是臉色一變。

我搖了搖頭，說：「異物吃血肉才有用，我剛剛說的有一點不正確，其實他們不一定要吃人，只要是經歷過黑霧的動物和植物也可以，他們是任何活物都吃，但我們和異物已經是不同的物種了，我們吃血肉是沒有用的，非異物根本沒辦法把血肉消化成進化的能量。」

眾人露出有點可惜又鬆了一口氣的表情來。

我淡淡地看著他們，有些話，沒說，只是提醒了一下：「所以從明天開始，異物就不是以前那種程度了，別小看他們。」

「二哥你說完了嗎？回去休息吧！」

書君心疼地看著我，不知道我臉上是不是出現疲憊的神色，才讓她這麼擔憂，不過說了這麼多話，我還真的有點累了。

「書君，推妳二哥回房。」大哥連一句「我說完了」都不想等，直接叫書君送我回去，然後他對眾人說：「明天大家再到客廳來，看看有沒有人擁有小宇說的特殊能力。」

回房躺到床上，我有些不安，上輩子，關薇君就是視力好了點，加上使槍能力不錯，開槍挺準而已，這點能力在末世還真不夠看的，希望這輩子的能力可以好一些，只是現在身體爛成這樣，真的能抱期望嗎……

「睡吧，二哥，別再想了。」書君輕輕順著我的髮，像哄孩子睡覺一般。

我看著書君的臉龐，兩道彎月眉，又大又靈動的杏眼，以及疆家特有的挺直鼻梁，嘴唇上什麼都沒擦，卻還是粉嫩潤澤得讓人忍不住想一親芳澤，末世幾天的經歷之下，女孩似乎成熟了一些，變得更美麗了。

「君君，妳真的好漂亮好可愛。」

她笑了出來，沒有女孩子不喜歡被說漂亮的，但在末世，漂亮只是一種物資，只能被掠奪或者沒有尊嚴的拿去換幾口食物。

我衷心期盼自己這世的能力足夠強大，這輩子不要再生活在別人的羽翼下，甚至可以親手護著眼前這個美麗的女孩，讓她可以在末世過得好好的！

拜託，雖然末世十年讓我覺得世上絕對沒有神，不過現在把神撿回來還可以嗎？拜託各路大神啊，讓我有能力保護妹妹和哥哥吧！

……居然想保護那個大哥，我一定是自不量力這詞的最佳代言人了吧？

苦笑了一聲，在妹妹指責的目光下，我只好收起胡思亂想，漸漸陷入夢鄉。

第五章

異能

「媽！」

我從頂樓往下看，開了一槍，擊斃他身後的異物，這才發現媽竟然還沒爬上來，而且一隻異物抓住她的腳。

我再次瞄準開槍，但槍卻只發出「喀」的一聲，竟沒有子彈了！

「快救我媽！」

他就在我媽的上方，還來得及拉住她，以他的力量一定可以把我媽拉上來。

我期盼著，卻看見他一個轉身，拉住另一個人，那瞬間，我媽被異物扯了下去，重重摔回地上，滿街道的異物就像蝗蟲一樣朝她湧過去，她抬著頭看向我，只喊了一聲「小君」，後面的話卻來不及說了。

「媽——」

對母親最後的記憶是滿天的紅血碎肉，我摔跌在地上，抬起頭來正好看見他扶著另一個女人爬上頂樓來。

滿滿地……我滿滿地都是想掐死這個人的衝動。

「妳媽都已經受那麼重的傷了。」他有些狼狽的辯解：「救了她也會變成異物，到時候，妳還要親手殺死她，這不是更慘嗎！」

「受傷不一定會感染啊！」我哭著喊著捶著這個混蛋東西，尖叫：「我救了你，你為什麼不救我媽！」

他一臉不得已，彷彿滿身都是苦衷，苦口婆心的說：「薇君，小琪的治療能力很重要，我們不能失去她啊！」

我咬著牙恨恨地大吼：「是不能失去她的能力，還是不能失去她？哪天我和她，你是不是也選擇救她？」

「這怎麼能一樣呢？薇君我愛的是妳啊！相信我，我只想保護妳……」

愛你個大頭鬼！保護你媽啦！我竟信了，那時的我竟然這麼蠢，真的信了那番鬼話！

女人啊——妳他媽到底可以有多蠢！

「哥！二哥！」

「書宇，醒醒！」

我猛然睜開眼睛，眼前一片模糊，腦袋渾沌得搞不清楚狀況。

一個人撲進我的懷裡，著急地喊：「二哥！」

「……君君？」

我摸著她的秀髮，柔柔順順的超好摸，然後眨了眨眼，把眼睛多餘的水分眨掉，這才看見大哥正低頭一臉憂慮地看著我。

「我沒事，真的沒事。」我苦笑的說：「夢見以前的事情而已。」

末世初期，我的神槍手能力還是不錯的，救了他不知道幾次，卻沒能救自己的媽媽。

幸好，我是先開槍救了他，才發現媽媽陷入險境，如果同時注意到他們兩人都有危險，而槍裡只剩一顆子彈，那時蠢到極點的我，說不定真的會選擇救他而不救自己的媽媽。

那我一輩子都沒辦法原諒自己！

……雖然現在也不見得想原諒自己就是了。

「家人才是最重要的。」

我緊緊抱著懷裡的書君，妹妹、哥哥、叔叔和嬸嬸，通通都要保護，沒有疑問沒有不自量力，無條件無上限的保護！

「書宇，未來有人傷了你嗎？我是說，傷了身為關薇君的你。」大哥像惡魔一樣誘惑的說：「以後如果見到他，告訴大哥是哪一個，好不好？」

被大哥知道他是誰，他死的狀況一定會慘到讓我都沒法再恨他吧？

我笑了，把平行世界的推測告訴大哥和妹妹。

「我想應該不會見到他了，大哥。」

大哥微瞇了瞇眼，「嗯」了一聲，看起來有點惋惜的意思。

我抹了把汗，就算再恨他，把他交給大哥好像還是太狠了——但如果真有機會見到他，我一定果斷把他出賣給大哥！

書君從我懷裡抬起頭來，憂愁的說：「二哥連做個夢都不讓自己好過，你這樣怎麼好得快呢？」

我苦笑了一下，作夢這種事情也不是自己能控制的，不過有一點倒是挺讓人擔心。

「我說夢話了？」

在末世，這可是個大忌，活在那種環境，每個人都會做惡夢，但要是敢大喊大叫說夢話，大概就不用醒來了，不需要引來異物，旁邊的人就會動手把你殺了！

書君搖了搖頭，「沒有，只是翻來覆去，滿頭大汗而已。」

我鬆了口氣，還好，沒把本能真的丟掉，未來的日子裡，自己會很需要前世的本能。

「二哥都滿身汗了，大哥你幫他擦個身吧，我去給二哥弄點營養的早餐。」

「君君……」我喊住她，一臉的憂愁痛苦難過掙扎，卑微的懇求：「今天可以不喝雞湯嗎？」

書君笑了出來，好氣又好笑的說：「知道啦！」

結果是中藥粥，書君妳到底是什麼時候偷偷拿了這麼多補藥包的？我那時是買瘋了嗎？怎麼都沒發現的！

雖然喝得滿嘴油膩，但這麼三餐加宵夜的進補，我覺得自己長肉的速度挺快的，樹枝都發芽了。

走到客廳，大家都已經聚集在這裡，正眼巴巴地等著我來，看來如果不是大哥威武，恐怕我連梳洗吃飯都別想，就直接被抓過來了。

大哥坐下來，帶著警告的眼神環視眾人，大家這才收起惡狼般的眼神，不再把我當塊肉看。

「說吧，都有些什麼能力。」

小殺扔下一句：「我的速度變快了。」

其他人都是一臉憂愁的樣子。

我看這情況就知道他們懷疑自己沒有產生異能，但末世後期已經證實只要是經歷過黑霧沒死的人應該都會產生不同能力，只是大多數都不強，而且有些比較偏門的異能是非常難發現的。

我開口說：「大家幫忙拿杯水、打火機、充電電池、撿個石頭，再裝一杯泥

土，也可以把你們能想到的東西都拿過來。」

聞言，眾人精神一振，立刻分頭去拿那些東西，沒多久，桌上就零零碎碎擺了一大堆東西。

我思考了一下，先把水放到桌子中間，控水算是相當普遍的能力，大概是人要活命就離不了水的關係吧。

「一個個來，盯著水看，然後用手指碰水，心裡想著要震動水，過程大概一分鐘。」

大家好奇地一個個排隊做，沒多久就試出來曾雲茜有控水能力，她花了將近一分鐘，本來都要放棄了，手指正要伸出來的時候，水花整個爆開了。

鄭行擁有土的能力，他一碰到泥土，那些土紛紛彈跳起來。

百合東試西弄，沒能讓任何一件東西發生變化，正氣餒的時候，我叫她站到窗邊試試自己可以看多遠，她那瞬間差點摔倒，直嚷著自己視力絕對超過5.0。

至於凱恩，我暗暗有了猜測，直接拿打火機去燒他，他笑著讓我燒，完全不反抗，然後訝異地發現自己不怕火燒。

果真沒錯，是控火能力，水和火算是末世最普遍的能力，只是強弱有很大的區別，弱的只能用來漱口當火柴，強的卻能無堅不摧。

我提醒他說：「你不是完全不怕火燒，隨著能力變高，你能忍受的溫度才會變高，所以千萬別以為自己現在就可以走進大火裡面。」

凱恩「嘖」了一聲，感謝的說：「我正想著去堆柴火燒自己呢，還好沒搞笑了。」

我看向小殺，對方皺了下眉頭，說：「我說過速度變快了。」

我比著電風扇，說：「你想著要轉動那個電風扇的扇葉，或者用力吹口氣也可以。」

小殺一愣，皺了皺眉好像不太樂意，我心中一驚，該不會他早知道了，只是想隱瞞能力吧？在末世想隱藏實力也不奇怪，早知道就別揭穿他，平白惹了對方的憎恨。

他用力吹了口氣，扇葉還沒動，大家就明白他的能力了，畢竟連頭髮都被他這口氣吹動了，這是風的能力。

「我欠你一次。」小殺悶悶地說。

我看著他，不太明白這是什麼意思。

「小殺欠的債可值錢了。」鄭行笑著說：「我也讓他欠過一次，回收可大了，他最不喜歡欠人情。」

原來如此，所以不是要隱藏實力被我揭穿而不高興嗎？

接下來是叔叔和嬸嬸，他們到現在也沒能移動任何東西。

我思索著還有什麼些異能，能用什麼方式測出來。

嬸嬸忍不住開口說：「小宇啊，我好像可以感覺到你們，很難說清楚，但就是不用眼睛看也知道你們大概在哪裡。」

我明白了，點點頭說：「這是『探查』，是精神系的能力，很有用呢！可以用來避開危險，算是沒那麼常見的能力。」

這種能力還能更進一步發展，但是擁有精神系能力的人本來就不多，個個都是團隊保護的重點人物，尤其是那些更進一步發展的人，他們的底細可不是我能知道的了。

一聽到可以避開危險，嬸嬸看起來非常高興有這種能力，我也感覺精神一振，這麼小的團隊就能有少見的精神系能力者，前景真是一片大好啊！

「叔叔呢？」我詢問：「你有特別感覺到什麼嗎？」

「不曉得啊。」叔叔嘆了口氣：「我該不會沒有能力吧？」

「都會有的。」我搖頭說：「只是有些不好測試出來，叔叔你別擔心，通常那些不容易測試出來的，都是一些很獨特很有用的能力，只是要花點時間，你不用著急，凡事有大哥呢！」

叔叔點了點頭，大概年紀大歷練多，也不是很在意這種事情。

若是我前世那種環境，沒能力的人首先就要被團隊丟棄，除非有強者肯守護著，結果後來卻證實這些被丟棄的人常常有著很難被取代的能力。

控水控火的能力最容易被發現，但也最多人擁有，不算什麼獨特的能力，若是不練得強一點，很容易就被取代了，反倒是那些一開始就被拋棄的人擁有著珍貴的能力，可惜活下來的卻很少。

最後就剩下我們三兄妹了。

我還沒有測試，但是大哥和妹妹都有跟著流程測試，到現在也還沒測試出來。

但這也無所謂，不管書君有沒有能力都是最寶貝的妹妹。

至於大哥，沒人想過他會沒能力的，到目前都測試不出來搞不好是因為他的能力是移動地球什麼的。

書君嘟著嘴不高興的說：「我想要能力。」

「繼續試，妳一定有能力的。」我哄著她，帶著十足的把握。

書君看了看滿桌子的東西，她似乎都用過了，最後想了一想，拿起電池來……

「砰」的一聲，電池竟爆掉了，她嚇得把電池丟開，我和大哥也嚇得抓起她的手來檢查，還好只是小燙了一下，皮膚略有點紅，沒什麼大礙。

回過神來，我就傻眼了。

雷電能力啊！這可是攻擊力數一數二強的能力，妹妹啊，我怎麼不知道妳有這麼強的攻擊性？

書君興奮的說：「是電嗎？」

我點了點頭，補充說：「雷電能力，滿強的。」攻擊力十足什麼的看著眼前可愛又溫柔的妹妹，這話真心說不出口！

書君眉開眼笑地問：「那我是不是能充電？」

拿來充電應該也是可以啦，只是要學著控制，不然就會跟電池一樣爆掉。我點點頭。

君君欣喜的說：「太好了，以後就算瓦斯沒了，我也可以用電鍋煮飯，天氣這麼熱，我可以開冷氣給二哥吹，你就不會睡到滿身汗了。」

……

好吧，電鍋煮飯吹冷氣什麼的，雷電能力確實滿合拍的。

「小宇，你看看我發出的這種光是什麼能力。」

大哥把手伸過來，他的手上有一團如雞蛋大小的光芒，柔柔的並不刺眼。

看著那光芒，其實無比眼熟，但我果斷認為自己肯定錯了，不可能是那種能力！

「大哥，你有想過要什麼樣的能力嗎？」

我深深覺得大哥這麼霸氣四溢的人物，頭上頂著「我就是主角」這幾個字，神肯定是他要什麼能力就給什麼能力，沒得商量啊！

大哥點了點頭，把那道雞蛋大小的光放到我的肩膀上，那裡立刻感覺到一陣溫暖和舒適，但我的臉卻黑了一半，大哥立刻把手移開，有些著急地問：「這光讓你不舒服？」

「……不，很舒服。」

只是大哥這麼霸氣四溢的主角人物，異能好歹要是那些毀天滅地的雷電或者移山倒海之類的能力才配得上他啊！

怎麼會！

怎麼可能！

真的不可能！

大哥的能力怎麼會是——治療啊！

最不濟也該是個控火能力吧！

「這能力是治療沒錯吧？」大哥想確定似的問。

我苦著臉點了點頭。

大哥微微一笑，直接把手放到我的肩膀上，然後發出光芒，這次不再是雞蛋大小了，而是直接籠罩住我的肩膀，真是太強了！

想當初那個小琪，一開始發展出的治癒能力就像顆鑽石——有十克拉大就彌足珍貴了。

大哥一發就是兩顆人頭啊！左右肩各一顆，就算是治療，大哥果然還是一樣神威！

但是治療終究還是治療……

看著大哥認真看著我的肩頭，專心一致的發出治療光芒，我突然明白了。

因為想治癒我，所以是治療能力嗎？

太傻了，大哥，我養一陣子也就好了，你的能力可是一輩子的事情啊！

又有點想哭了，要忍著，自己現在是個男人了，動不動就哭，連自己都看不過去。

「大哥，我將來一定會用能力好好保護你！」

話一出就收到滿屋子的鄙視眼神。

「……對不起，我一定是腦袋被磁磚砸過，才會認為大哥需要我保護。」

大家都點頭同意了。嗚嗚……

「小宇，你有什麼能力？你已經知道了吧？別賣關子了。」大哥一邊幫我治療一邊了然的看著我。

我微微一笑，伸出食指去摸桌上那杯水。

「和我一樣是水能力嗎？」曾雲茜興致勃勃的說：「太好了，那就可以讓小宇指導我了。」

「啪啪」兩聲後，一杯水變成一杯冰塊。

有了異能這種新鮮玩意兒，眾人都練得非常起勁，但沒有人比疆書天更認真，他每天照三餐加宵夜幫我治療，每次都是弄到精疲力盡發不出半點光芒為止。

現在每天的狀況通常是後方有大哥搭著我的肩施展治療能力，前方是君君拿著碗匙逼我喝雞湯，若是我堅持不喝雞湯的話，那就變成中藥湯。

打從鄭行宣佈我能吃肉了，而且該多補充蛋白質以後，更是各種食物往我嘴裡塞來。

有沒有見過養拜拜用的大豬公？我就是被這樣養的！

書君每天和嬸嬸忙著做家務，家裡人這麼多，要做的家務也很多，她看起來完全沒有在練異能，而且書君自己也說過有大哥和二哥在，她根本不需要太強大，還

是幫嬸嬸做家務實際點。

但我卻覺得或許她真會變成家裡最強大的人——大哥不算在內。

見過一邊炒菜一邊給飯鍋充電的人沒有？

見過一邊曬衣服一邊給洗衣機充電的人沒有？

見過一邊睡覺一邊給冷氣機充電的人沒有？

她就是個人體行動電源，走到哪充到哪啊！連小殺都拿著 iPad 叫她充電，他要聽音樂打電動！

上輩子，我真的沒見識過末世才半個月就能夠這樣控制異能的人，一般雷電異能者不把所有電器搞爆就不錯了。

我憂鬱地戳了一下面前的啤酒杯，百合就歡天喜地拿著冰啤酒走了，接著排在後面的是鄭行拿著大吉嶺紅茶，凱恩拿著可口可樂。

原來末世真可以混成這樣！上輩子的末世逃亡生活現在回想起來真是可悲可嘆，所以說事前準備真的是無比重要——更重要的是要有個大哥。

雖然我說得這麼悠哉，但其實大哥他們一直都持續在附近搜尋物資，畢竟地下室即使被塞得滿滿的，但終究會用完，尤其是食物方面的消耗，所以大哥老早就未雨綢繆地在附近搜尋了。

幸好附近是郊區的關係，不管是人還是動植物的數量都不多，當然異物的數量也不算多，大哥總是輕描淡寫的說那些異物不難對付。

我想他們應該還是有人受傷，或許被大哥治好了，又或許只是沒吭聲，大哥的治療能力都用在我身上了，不知道還擠不擠得出來治療其他人。

才過三天，我就覺得自己身體大好，臉頰都有肉了，也能夠站起來行動，只是常常前腳剛站起來，後腳就被君君逼回去坐輪椅，但這除了補品或者大哥治療能力的功勞，還得給黑霧記上一分，經歷過黑霧的生物總是格外強壯。

「大哥，你們怎麼處理異物的屍體？」我好奇的問。

「全部就地掩埋。」大哥停了一下，詢問：「我忘了先問你，掩埋應該不會有問題？之前試著燃燒，但是煙太大味道也太重，常常會引來其他異物，所以我們後來都埋了，那些屍體應該不會起變化？」

我微笑的說：「不會，掩埋沒問題的。」

大半夜，看了看一旁，書君睡得正熟，我輕手輕腳走到隔壁的房間，這是自己

原本的房間，裡面的亂七八糟似乎已經被大哥他們簡單整理過了。

輕輕取下窗戶的欄杆，白天的時候，我好不容易趁著書君煮飯的空檔，想辦法偷偷到這裡來，把原本的不鏽鋼欄杆替換成冰做成的欄杆。

這是目前唯一沒人睡的房間，大哥說等我身體好一點，還是讓我住回來，總不能一直住在書君房裡。

我盡可能的放輕動作，畢竟疆書天的這些同伴都是傭兵，不管是身手或者警戒心和團隊意識都很高，這才是我們這一團人可以在末世悠哉過日的主因，哪怕沒有囤積這麼多物資，他們應該也有辦法搞來足夠的物資，頂多是過得比現在拮据一些。

要在這些傭兵的眼皮子底下偷偷有什麼舉動並不容易，但我可是闕薇君，一個只有視力這種雞肋能力，卻能在末世存活十年的女人！

說到身手，自己絕對不輸給他們，只是操縱者再怎麼強大，也困於目前機體很虛弱，做不出太多高難度動作。

但是，疆書宇只要健康起來，再練一陣子，絕對比闕薇君強大非常多，就算現在還很虛弱，我都可以感覺到自己的力量不小，這具優秀的身體再加上冰異能，要成為強者絕對不是夢！

出了屋子，利用夜色的遮掩，我翻過幾間屋子的圍牆，選擇離家有點距離的屋子翻了進去，很輕易就找到「掩埋處」，大哥他們並沒有多花心思掩飾痕跡，大概是認為沒有那個必要。

我伸出雙手，全神貫注，雙掌之間漸漸凝結出一塊冰，冰塊的長度不斷增加，沒多久後，一把鏟子狀的冰塊就完成了。

疆家血統果然逆天了！

回想之前，末世才半個月的時候，雖然大家開始發現異能的存在，但這些能力微弱得不如一把美工刀，那個時候最實用的其實是水能力，因為可以聚水來喝，至少解決人體基本需求，至於什麼攻擊的，別想了，撿顆石頭扔還實際一點。

沒想到，疆書宇竟然連冰鏟都能凝結出來，加上大哥的治療能力，還有書君這個人體行動電源，疆家的異能果真強悍！

這才能恐怕比「他」都強多了，更不用提關薇君……果然人比人會氣死人。

得把握時間，我開始用冰鏟挖地，幸好埋得不深，沒多久就挖出三具異物的屍體來。

三具屍體都已經腐爛了，那臭味真不是蓋的，我再次化出一把小冰刀，割開異物的胸膛後，臭味更是迎面襲來，但我毫不嫌棄，反而很興奮地繼續刨屍胸，直到看見異物的心臟為止，那已經不是正常的心臟模樣，異常的大，周圍的血管又多又粗。

一刀子朝心臟中心戳下去，熟練地破開一個原本不該有的圓殼，朝殼裡一挖，約莫指甲片大小的半透明結晶就落在手心裡。

異物吃血肉進化，人則過了好一陣子以後，才發現異物的心臟有進化結晶，吃下去能讓自身的進化速度加快，就如同異物吃血肉的效果。

上輩子，我會發現這個結晶是因為近距離和異物搏鬥，被他壓倒在地上，我用槍抵在他的胸口猛開槍，直接打爛他的胸腔為止。

那時候，在滿滿的血腥味當中，我竟聞到一股香味，比食物還吸引人的香味，不知哪來的勇氣伸手進破爛的胸腔掏出結晶來，然後本能就知道這是好東西。

我想，異物應該也是一樣，他們一定覺得我們很香，本能就知道該吃了我們，所以雙方才會不死不休。

但因為人類對異物的恐懼，再加上就算打贏了，異物的屍體多半也血肉模糊，令人避之唯恐不及，哪裡還會去查探，所以人類在初期根本不知道進化結晶的存在。

動物和植物卻沒有這種顧忌，他們的本能就是吃，或許一開始只是被異物攻擊而反擊，然後吃失敗者的血肉維生，但也因此發現進化結晶的存在。

所以不管是異物、動物和植物，他們的進化速度一直都走在人類的前方，造成人命遍野的末世。

一直到末世接近十年，這情況才因為人類頂尖強者的出現，開始有了改善，人也終於出現幾個能夠喘口氣的大型聚集地。

這一世，我從末世開頭就吃起結晶，加上疆書宇這具優秀的身體，一定能成為頂尖強者！

我對眾人瞞了進化結晶的事情沒說。

三具屍體挖出三顆結晶來，雖然只有第一顆最大，其他兩顆像是兩片碎末似的。

看著手心的進化結晶，一大兩小，像我們三兄妹似的，把最大的那顆給大哥的話，他一定可以變強吧。

雖然大哥的能力是治療，但是進化結晶不只能強化異能，也可以強化身體，在我所知的人類強者中，也有人不是依靠異能，而是優秀的身體和戰技稱霸。

我看著三顆結晶在手掌心滾動。

上一世……

我把最開頭發現的那顆結晶讓給他，之後一起獵捕的結晶也都優先給他，我只吃一些殘末，只因為他說，他變強就可以保護我，讓我可以不用再為了生存而手染血腥。

結果呢？

結果呢！

結果呢——

我一口吞掉最大的進化結晶。

這輩子會擁有冰能力一定是因為自己心冷如冰，哪怕疆書天和疆書君掏心掏肺的對待我這傢伙，就算知道關薇君的事情，他們的態度也依然沒有改變，但我卻還是想把力量握在自己手裡。

這一世，再也不願把變強的機會讓給任何人。

之後，我會告訴他們進化結晶的事情，但在這之前，我要先吃掉一定數量的結晶。

再一口吃下剩餘的兩片結晶，不知是否冰能力增強了，我覺得自己的心更冷了。

接下來幾天，我天天晚上都溜出去挖屍刨心，這才終於有點末世的感覺了，打從大哥回來以後，這日子真是逍遙得讓我覺得心驚膽跳，就怕自己真的習慣這樣輕鬆愜意的日子。

但這種生活不可能繼續下去，異物、動物和植物都越來越強大，還有人會來掠奪，雖然我們算是很強大的團體，但總有更強大的，就我知道的狀況，各大軍區就是最恐怖的勢力。

對一般人來說，軍隊是救命的稻草，但對我們這種有充沛物資和一定自保能力的團隊來說，軍隊就是會掠奪我們物資的掠奪者。

自己得快點強大起來才行。

我在浴室擦身，順便用鏡子檢視自己的身體狀況，卻忍不住一直被那張臉吸引，疆書宇果然是個帥哥，雖然復原到樹枝狀態的時候就隱約看得出來臉挺俊的，現在又再更進一步到紙片人，帥度又增加了，這要是恢復正常體重，不知道要帥成什麼樣子。

這疆家果然是主角血統，大哥英俊霸氣，妹妹美麗善良，這中間的疆書宇更是俊美無邊，光看臉不算氣勢的話，比大哥長得更好看。

只是這身材就算練起來，恐怕也輸大哥輸多了。

再往下一看，這尺寸也輸多了……

你媽的我在想什麼呢！都歪到下面去了。

關薇君妳又不是沒見過男人，別盯著自己的下面瞧！還回想起上次洗澡時看過大哥的下面，居然比起大小來，這變態得無邊無際了！

快把思考拉回來，看著大哥流鼻血就算了，要是看著自己也流鼻血就真的無言以對。

穿好衣服出浴室，書君站在外面，似乎正在等我。

「怎麼了？」我覺得她好像有話想說。

書君遲疑了一下，小心翼翼的問：「哥，你晚上去哪了？我起來上洗手間的時候，你不在床上。」

我心裡一驚，故作無謂的說：「還不是你們老逼我休息，白天睡太多晚上睡不著，出去走走，看看星星而已，現在沒有光害，夜空很漂亮。」

書君「喔」了一聲，不再多問，直接端上今天熬的雞湯。

有種被懲罰的感覺。我默默把雞湯喝下去，決定加緊腳步，今晚還是要出去。

既然書君已經起疑了，不知道什麼時候就會把這件事告訴大哥，讓我必須坦白一切——大哥可不會相信出去看星星這種藉口。

在坦白之前，我要多吃一點結晶。

到了大半夜，我一樣出門，用化出來的冰鏟努力挖屍，最近已經越來越難找到掩埋處，應該找得差不多了，或許今晚挖完就不要再出來，在家練練冰異能，然後找個機會把結晶的事情說出來。

或許「又」夢見是個不錯的藉口，只要說必須是「新鮮」的異物，讓他們不要想來挖異物的屍體就好。

刨了半天，最後卻只挖出一個進化結晶，但這結晶竟然有一個指節大，看來這家應該不只一個異物，只是被這個吃光了，所以他才會有這麼大的進化結晶。

正想吞下去的時候，我卻聽見聲響，連忙握緊冰鏟，一個轉身，鏟子都要揮過去了，卻看見大哥推開庭院大門走進來，我心裡重重一跳，被發現了！

「書宇，你到底在做什麼？」

大哥的後方還有傭兵團的眾人，他們的臉色都十分難看，看看我又看看被開膛剖肚慘不忍睹的屍體，那眼神簡直把我當喪屍看，要是我吼兩聲說不定連子彈都打過來了。

我遲疑了一下，不說明清楚，好像過不了關，總不能說我夢遊吧……異物才會相信這種鬼話！於是只好把進化結晶的事情一五一十地說出來。

聽完，大哥的臉色很陰沉，我從來沒看過他用這種神色面對我和書君。

「你就這麼吃獨食？」曾雲茜憤怒的指責：「你知道我們花了多少工夫才打倒這些異物，你就跟在後頭把好處通通撿走？」

「我……」我一咬牙，辯解：「反正你們也不可能自己發現進化結晶，現在我

說了，至少你們可以從現在開始吃——」

大哥一聲低喝：「書宇！」

我停下話來，其他人沒有開口，但臉色看起來都很差，有生氣的、指責的甚至不屑的。

自己在這個團隊沒有地位。我突然明白過來。

就算預言末世到來，囤積滿滿的物資，還教他們發現異能，但是這支團隊就算沒有我，也能在冰洲過得不錯吧？

說不定，他們在那裡還有更多武器和槍彈存貨，畢竟他們飛過來梅洲以後，只有幾個小時的時間去弄武器槍彈，肯定不如原本在冰洲要出任務的時候多。

有足夠的武器就有物資，根本不用愁。

而異能這種東西到目前為止還不如美工刀，他們手上有刀有槍，異能可能還只是個有意思的玩具而已。

更何況，我的身體從頭到尾都是個大累贅，這支團隊若留在冰洲，不會有我、書君和叔叔嬸嬸這些沒戰鬥的一般人，全部都是傭兵，那是一支傭兵團，應該還有更多人，不會所有人都跟著疆書天過來了。

所謂的印象是很難扭轉的東西，以後在這支隊伍的心裡，我就是個身體累贅、內心自私，還讓他們少了很多有用同伴和槍彈的人吧。
我舉起手來，飛快地一口把手上的進化結晶吃掉。
「書宇！」大哥終於露出怒色，低吼：「你在幹什麼？你以前不是這麼自私的人。」
我以前……
心裡好像有什麼東西碎了的聲音，以前，我確實不是這麼自私的人，末世初期的關薇君天真「單蠢」，現在的我根本不敢相信自己有那種時期，那時能活下來，這運氣說不定也逆天了。
但大哥不是說「那個以前」，而是以前的疆書宇。
看看疆書天和疆書君的性格，疆書宇八成是個十全十美的模範青年，但我不是美好的疆書宇，而是活過末世十年的關薇君，經歷多次背叛，最後被拋棄在異物堆變成一堆碎片，身心都腐爛的女人。
我再也不看任何人，逕自走過疆書天的身旁，反正吃了都吃了，難不成你想剖開自己弟弟的肚子挖出來嗎？
「書宇，你要去哪？」
背後，大哥的喊聲讓我的腳步頓了一頓，淡淡地說了句「回家睡覺」，然後繼續邁步離開。

第六章

凝冰為武

回到家裡時，首先去地下室拿了之前買的匕首，十把都還在，大哥他們大概看不上這種百貨公司買來的貨色，接著又拿了醫藥箱和一大堆乾糧，最後回到自己的房間。

整個房間亂七八糟的，病床也放在書君那裡了，但這房間原先也有張單人床，只是被推到角落，改放病床在中央。

我整理了老半天才把房間弄整齊，忙了大半夜也沒有感覺多累，現在身體果然大好，吃掉這麼多進化結晶不是白吃的，雖然外觀只比紙片人好一點，但力氣都恢復得差不多了。

正想去擦個身後補眠，卻聽見敲門的聲音，我一驚，反射性拿起匕首。

「二哥，我是書君。」

我一滯，說：「有什麼事嗎？我要睡了。」

「喔、喔，那我不打擾你睡覺了，晚安。」

突然感覺到一陣濃濃的失望，我這是希望書君能進來？沉默了一下，才想起來要回應，說了句「晚安」，但也不知道她走了沒有。

我靜靜地坐在地板上，自認行動很隱密，應該沒有驚動任何人，大哥會知道，應該十之八九是書君告訴他的。

心情有點複雜，但轉念一想又覺得自己真是自不量力，人家書天和書君可是貨真價實的兄妹，自己這搶人身體的冒牌貨算什麼，沒被一槍崩掉就不錯了，還想跟人家比？

恥笑了下自己的愚蠢妄念，我站起身來，把醫藥箱放好，在房間各處藏了匕首，然後去把房門鎖了，雖然外面的人有鑰匙，但鑰匙轉動的聲音可以驚醒我。

只要自己能回到闕薇君時期的一半實力和警戒，這裡的傭兵，我就算打不贏總也逃得了。

將最後一把匕首放在枕頭下，我這才能安心睡覺。

真的，開始有末世的感覺了。

幸福的日子終究不長，不論在哪個平行世界都一樣。

第二天，我還是下樓吃飯，放在房間那些物資只是以防萬一，不可能讓自己一直龜在房間裡不出來，太不實際了。

走到客廳的時候，滿室的喧鬧突然停了一下，只有叔叔嬸嬸不明就裡，嬸嬸還連忙招呼：「小宇快來吃飯。」

我應了一聲，坐到書君身旁，她低著頭扒飯不敢看我。

疆書天已沒有昨天的怒色，他神色自若的說：「小宇，你說的進化結晶，吃的時候有什麼限制嗎？」

「沒有。」我停了一下，說：「一般來說是這樣，可能有一些特殊的進化結晶，但我不知道詳細情況。」

前世的闕薇君根本拿不到特殊的進化結晶，連高階的結晶都拿不到，雖然「他」拿過不少高階結晶，但自己吃和當作獎勵給屬下都來不及了，根本不會拿給我吃。

很多小道消息也很難辨明真偽，例如實力不夠吃太高階的進化結晶可能會出問題，但要知道許多人可是會亂放假消息的，這消息說不定只是要讓別人拿到高階結晶的時候，不要那麼快吃掉，讓他們有機會搶奪。

況且現在也不可能有太高階的進化晶體，就不用說出來了，要是一個說錯，反而平白惹來一堆懷疑。

「他都吃了那麼多，怎麼會有限制。」曾雲茜諷刺地說：「是沒有辦法確定，還是不想說？」

「雲茜，這魚煎得真好吃，妳吃吃看。」百合夾了一塊魚到曾雲茜的碗裡，又暗暗踹了她一腳，雖然做得隱密，卻還是被我發現了。

其他人都沒多說話，疆書天也沒再問，但也沒對曾雲茜說什麼，只是淡淡一句：「吃飯了。」

眾人安靜吃著飯，好一會兒後才有輕鬆交談的聲音，叔叔和嬸嬸有點莫名其妙，書君完全沒有把頭從飯碗抬起來過，而我還是沉默吃著飯。

「進化結晶可以增進異能也可以強化身體。」

快速吃完飯，我丟下這句話，立刻轉身回房，連飯碗都沒有收拾。

回到房間，我拿起匕首來研究，這匕首確實質地不好，難怪疆書天他們看不上眼，而且他們手上還有槍。

對付異物這種未知的東西，一般人還是想遠遠地開槍，根本不想靠近，所以末世前兩年，大家都在搶槍械彈藥，卻不知道自己浪費寶貴的兩年時間，沒好好修練異能。

末世第三年，純粹的槍就是廢物了，根本打不穿異物的殼，沒附個火能水能上去，那就是在幫異物抓癢，他還會跟你說往左邊多射兩槍那邊很癢——他們到那時是真的會開口說話。

雖然關薇君人微力輕異能還沒啥用，但至少見識過很多異能，知道將來會有什麼發展，不會重蹈覆轍，像是依賴槍械，認為異能只能拿來漱口點火，而這些知識比什麼都重要。

我轉了轉匕首，其實這把匕首只是個基底而已，質量好不好都沒太大差別。全神貫注，手上一個使勁，劈里啪啦的聲響不停從相對的掌心中央傳來，沒多久後，匕首就覆上一層厚厚的冰晶，但這不是我想要的結果，這種冰晶太過脆弱，沒有比匕首本身好到哪裡去。

我努力嘗試要壓實那些冰晶，這有點困難，花了整整一個下午，中途不得不出去快速吃掉晚餐，回來再研究一晚上，才終於在午夜成功了。

但沒想到一壓實，那厚厚的冰層就剩下一層膜，厚度比保鮮膜還薄，簡直感覺不到它的存在，太誇張了，這得結多少層冰去壓實，才能有「存在感」？

敲去多餘的碎末，我只能繼續把匕首結冰，然後再次壓實，雖然想要反覆這麼做，但沒想到壓實這個動作竟比弄出冰鐽冰刀還要困難，只再做了一次就不行了，頭痛得像是要裂開似的。

只得把匕首收進枕頭下，睡覺，明日再戰。

躺在床上，頭卻陣陣發痛，怎麼也睡不著，只好乾脆放棄，開始回想過去的記

憶，希望可以想起更多有用的東西。

我曾經見過冰皇的戰鬥。

冰皇，末世頂尖強者之一，他手上就有一把冰刀，裡面絕對沒有其他東西，那就是一塊冰，卻比鑽石還堅硬——雖然在末世，鑽石早就不是最硬的東西了。

「他」曾經猜測，那是用冰能力反覆淬鍊留下來的堅冰，還無聊硬要說是鑽冰，那是人家冰皇弄出來的，他都沒說叫鑽冰，你幫人家取什麼名啊？

總之，我們一起看見冰皇和異物的那場戰鬥，隔了老遠都能感受到頂尖強者毀天滅地的可怕，他又羨慕又不甘的說自己總有一天比冰皇還強。

就算在這個區域，他的實力也是排前的，但比起真正的頂尖強者，那真是大象和老鼠的區別了，但那時的我還安慰他說「你遲早會比冰皇更強」，一想到就真心想滅了過去那白癡的自己。

但那是唯一一次，我感謝自己的異能是視力。

頂尖強者的能量強得讓人根本無法靠近，為了小命著想，我們只能離戰場遠遠的，但因為我的視力好，所以還是可以勉強看清楚那場戰鬥。

那是我見過最美的戰場，各種美麗半透明的冰晶在陽光下閃閃發亮，哪怕冰裡凍了血肉，看起來也像是美麗帶有色彩的冰雕。

而冰皇，雖然我看不清他的長相，但是那俐落的身手，速度、力量無一缺乏……

沉沉睡去前，想著冰皇的那把長刀，我想自己除了匕首應該還要弄個長武器，明天去拿個掃把好了，用掃把棍來當底應該可以。

冰皇啊……

今世的我夠不夠資格以你為目標呢？

✧

跟武器搏鬥整整五天，時間來到末世第二十天，我終於把匕首和長棍都弄出來，雖然武器上的那層堅冰不到一公分厚，但卻堅硬無比，或許比起冰皇手上那把冰刀，這兩把武器和毛髮沒多大差別，但在末世第二十天拿來用用也綽綽有餘了。

將匕首綁在小腿上，長棍則對摺收進背包，打算等需要的時候再用冰黏起來，雖然臨時黏起來的地方，硬度恐怕會減弱，但是太長的東西實在太引人注意，而且也不方便攜帶。

再說一次，在末世第二十天用也綽綽有餘，就算是黏起來的地方也不會比鋼棍

來得脆弱。

現在是大白天，要偷溜當然是晚上好一些，但現在我不能再偷溜了，否則不知道會被人怎麼懷疑，所以乾脆正大光明踏出去，頂多回來再說我太無聊去附近找物資就好了。

反正過了這麼多天，就算之前還有我沒找到的掩埋處，他們也早就去挖出來把結晶吃了，要誣賴我偷吃別人奮戰成果可是不成的！

走出家門一段路，確定從家裡的閣樓看不見我之後，這才找了一輛車，敲破車窗就坐進去發動車子。發動路邊沒鑰匙的車，這在末世可是連五歲小孩都會的基本技能。

這個疆書宇剛滿十八歲，機車駕照都不知道有沒有，但關薇君可是三十五歲了，在末世那種環境，連坦克車都稍微開過一段路——沒辦法，原本開坦克的軍人被異物扭掉了腦袋，不會開坦克也得硬上！

開了大約半小時的車，我想疆書天他們應該不會來到這麼遠的地方，清除家附近的異物才是他們的第一要務，搜尋物資反而是次要的。

停了車，我立刻離開那輛車，躲到轉角去，雖然車子的聲音不大，但在寂靜的末世卻還是滿清晰的，容易引來一些異物。

果然沒有錯，幾個異物跑了出來，在車子上下跳來跳去，沒有互相殘殺，看來他們還有別的東西吃，不至於餓到吃同類，就像肌肉男把護士吃了。

如果我手上有槍，現在就可以把他們通通斃了，但我沒有也不打算用槍，異能和近身搏鬥才是我要使用的能力。

目前還不夠熟悉疆書宇的身體，而且這身體只經歷過一次黑霧，又剛從大病復原，不知道可以發揮出幾成關薇君的搏鬥實力。

想了一想，我翻過圍牆進入一個庭院，這裡是另一個社區，和家裡的環境很像，都是獨幢獨戶，庭院外邊還有圍牆，形成一個個獨立的小空間。

我推測現在的異物應該已經有地盤觀念了，沒有打贏的把握，不會隨便進入其他異物的領地，這就有很大的可乘之機。

從背包裡抽出兩截冰棍，凝結成一把長棍後，我直接一個撐竿跳，單手抓住二樓陽台的欄杆，手使勁一拉就穩穩地上了陽台。

這身體真的很不錯。

低頭看著雙手，現在總算有點肉了，雖然還算不上結實，但只要多戰鬥多吃進化結晶，要在手臂上加點肌肉應該不用幾天時間。

我用長棍去推落地窗，窗戶並沒有關，輕易就推開了，輕手輕腳的爬進去，再把背包放到地上，這才開始搜尋異物。

很快就找到了，只有兩隻，他們窩在客廳的長形沙發上，抱著睡在一起。

這景象並不奇怪，剛剛我就在旁邊看到附近有小河和樹叢，大概有不少動植物可以抓來吃，只要食物不吃緊，異物之間也能有一定程度的和平相處，當然，突然就發飆把對方宰了也不奇怪。

現在的異物還有些不成熟，比喻來說就像個孩子喜怒不定，但漸漸的，他們會開始互相合作，也有聚集性，開始出現大型聚集地。

到了末世十年，整個世界儼然變成人類、動物、植物和異物四方鼎立的局面，人再也不是地球唯一的霸主，甚至不是最強大的一方，從末世開始到關薇君死的那時，異物始終都是最強大的勢力。

但是，這些都太遙遠了，也根本不是任何人能夠解決的事情，我該著眼在眼前的事情上。

兩隻異物，有辦法解決嗎？

提著手上的長棍，我稍微有點不能肯定。

以前，關薇君除了槍，沒有什麼特別拿手的武器，末世初期也沒人有趁手武器，拿到什麼就是什麼了，上秒拿菜刀切肉，下秒拿菜刀砍各種進化過的生物，或者揹著一整捆削過的掃把棍用來刺異物，也都不是什麼奇怪的事情。

那時，什麼物資都缺，就棍子和菜刀最多了，所以我確實能使一手棍，還頗有模有樣，畢竟後期，槍彈根本就沒有用了，要是沒半點身手，一分鐘就能死十次，所以說人的潛能都是被逼出來的。

而且，我手上的冰棍也不是普通棍子，被打中還會凍傷，以前可沒機會用這麼好的棍子，闕薇君只有掃把棍都能活下來，現在疆書宇拿的可是異能冰棍，若還死在末世第二十天，那就乾脆死死算了。

衡量一下自己的能力，就算打不贏兩隻異物，總也跑得掉，所以我決定交給上天決定，撿了個東西朝客廳扔過去，看看來幾隻就是幾隻……呃，可以的話請不要跑出第三隻。

顯然上天決定讓我慢慢打通關，兩隻異物都動了，但是其中一隻顯然比較懶，扭兩下又躺回去了，另一隻卻站起來，朝我的位置走來。

再扔了一個東西，把他引上二樓，爭取一點時間，希望可以先解決一隻再打第二隻。

我思考著對方應該是什麼類型的異物，對方還有著人形，我有些忘了打從什麼時候開始，異物才發展出各式各樣的怪形狀來，但現在顯然是以原宿主的變形居多。

會窩在屋子裡的異物大部分是人變的，頂多會有寵物變成的異物，但多半在末世一開頭就被人形異物給吃了，剛醒來的異物可是很餓的，而小型寵物變成的異物多半不強，體積雖不一定代表實力，但大致還是個可以參考的指標。

他很瘦，應該不是力量型，直到扔了東西過去，他才注意到我，也不是特化聽覺、嗅覺或者探索型，這麼一來，可能就是速度快些。

異物的能力多以強化肉體為主，水能火能之類的能力倒是不如人類那麼普遍。雙方會有這種差異，我猜小說、漫畫書和電影幫了不少忙，大家沒事就想水淹自由女神火燒一〇一穿緊身衣秀肌肉飛上天什麼的。

在樓梯轉角耐心等待，那個異物一踏上二樓，我就立刻一棍打過去，但他卻在關鍵時刻偏頭扭過了，冰棍只有擦過他的臉側，凍掉一大塊臉皮，痛得他發狂嘶吼。

一擊未中，我沒有停下，立刻順勢迴身揮出第二棍，這次不再瞄準頭部，對方對頭部要害太敏感，不容易打中，所以我選擇彎腰下揮，敲向對方的膝蓋。

一聲令人感到牙疼的刺耳骨裂聲，他的腳就徹底被我打折了，連骨頭都整根穿出皮肉，反向凸出在膝窩外，看起來異常的噁心。

他發出慘烈的尖叫，摔跌在地上，看到有機可乘，我立刻補上一記直棍下劈，一聲破西瓜般的聲響過後，他就只剩下輕微抽搐的能力了。

這次戰鬥，我有八成的滿意度，自己的力量比想像中還強，之前吃的進化結晶沒有白費，剩下的兩成不滿是沒在第一棍直接打爆對方腦袋瓜子，但這只是第一次出擊，又是大病初癒的身體，做人不要太為難自己。

樓下傳來乒乓作響的腳步聲和嘶吼聲，看來另一隻也來了。

送進化結晶來了。

我扯開一抹笑，正好在對面的梳妝台鏡中看見自己的笑容，俊美得令人心頭發寒。

就這麼勢如破竹的敲了三幢屋子，我決定該走了，這裡的異物差不多要發覺不對勁，要是被大群異物圍困，那可不是說著玩的。

回到家裡，疆書天他們還沒有回家，整幢屋子看起來沒什麼不對勁，似乎我從來沒有踏出去過，就算書君、叔叔和嬸嬸以為我在房間，但閣樓總是會有一個人負責留守警戒，他不可能沒看見我出去。

看來那個人是徹底不想管我了，說不定還希望我死在外面吧？

不知道今天留守的人是誰，但，是誰又有差別嗎？

回到房間就想先洗個澡，打鬥途中曾經被異類的血濺上，滿身都是血味。剛打開房門，卻聽見書君的房間傳來急促的腳步聲，隨後就見她拉開門看過來，我立刻進房把門關起來，自己身上的血味實在太重了，一旦被書君近身，她絕對會懷疑我到底出去做什麼了。

要是被她知道我偷偷出去殺異物，還會不馬上告訴疆書天嗎？那我接下來要出去就難了。現在是很重要的時期，我不能不吃進化結晶。

站在門前傾聽一陣，奇怪竟沒等到敲門聲，我遲疑了一下，又不能開門查探，只好作罷了，轉頭洗澡去。

洗完澡，我習慣性照照鏡子看身上的肌肉長得怎麼樣，看起來很不錯，現在都稱不上紙片人了，就是個瘦點的大男孩。

順了順濕髮，這頭髮都長到披肩了，或許該修剪一下。

正打算去拿剪刀，一打開門，我卻愣住了，書君竟低著頭站在門外……她該不會從剛剛站到現在吧？

我連忙問：「怎麼了？找我有事嗎？」

她卻沒有回答，我滿頭霧水，只能再問：「書君？」

「二哥……你是不是怪我了？」

書君還是低垂著頭，我看不見她的表情，卻看見眼淚一滴滴落在地板上。

「我把你出去的事情告訴大哥，結果害你們吵架了，我只是、只是覺得現在很危險，不想要你出去亂跑，要是又受傷了怎麼辦，好不容易才把傷養好一點的，好不容易不那麼瘦了……」

我連忙說：「沒有，我沒怪妳。」

「騙人，那你為什麼一直躲著我？」書君抬起頭來，一雙大眼都哭紅了，還繼續掉下許多淚珠，拚命哀求：「二哥，我以後不說了，你所有的事情我都不說出去，就是大哥問，我也不會告訴他！你不要不理我。」

我張了張嘴，沒有辯解，自己這段時間確實故意疏遠書君，但不是怪她，只是怕她被歸類成是和我一路的，連帶地被其他人排擠。

可愛又善良的書君，末世以來，盡心照顧我這個病號，又努力做著家務，這樣的她怎麼可以被人厭惡呢！

「我真的沒怪妳。」我輕輕摟住她，說：「只是現在大家不喜歡我，所以妳別

離我太近，我怕妳被遷怒。」

聞言，書君一抹眼淚，橫眉豎目的說：「遷怒就遷怒，你可是我二哥呢！誰敢不喜歡你就連我一起不喜歡啊！我不給他做飯也不幫他洗衣了！」

我笑了。

這妹妹還能不能更可愛啊！好喜歡妳啊，妹妹，就算我靈魂是女的都想娶妳，能不能給個機會啊～～

書君小心翼翼地看著我的臉色，終於也笑了起來，撒嬌的說：「那二哥你是原諒我囉？」

「我沒怪過妳。」

書君嘟了嘟嘴，「騙人，你剛剛都叫我書君了，你每次生我的氣就不叫我君君。」

我沉默不語，剛剛確實脫口說了「書君」，自己也不知道為什麼。

「二哥，你要直接說不生我氣，不然我不信。」

我瞄了書君一眼，把她拉進房間來。

書君很自然的坐在床邊，打量著房間各處，不滿的說：「二哥你太懶了啦，地上都髒了也不掃掃，等等我來幫你打掃。」

這妹妹真是……我看著書君，心裡又酸又澀，這麼好的妹妹，如果我真是妳二哥，那該有多好？

「君君，妳為什麼從來就不懷疑我不是妳二哥？我說出關薇君的事情以後，難道妳從來沒想過我是某個孤魂野鬼佔了妳二哥的身體。」

這麼直白的話，我敢問書君，但是卻不敢對疆書天說，就怕對方真的這麼認為，那我除了逃跑，恐怕就是死路一條。

但書君……不知為何，自己總是覺得不管如何她都不會傷害我。

書君瞪大眼看著我，懷疑的問：「二哥你又被砸到頭了嗎？」

聞言，原本緊張的情緒都被打亂了，我有點無力地說：「沒有，我是認真在問妳，難道妳一點都沒有懷疑過嗎？我自己都不知道該怎麼……怎麼看自己和你們。」

書君收起所有神色，靜靜地看著我，讓我突然覺得有些罪惡感，原本過得好好的，這兩兄妹也沒懷疑過我，為什麼自己非得捅穿這層紙不可？

疆書宇有家人有能力有外貌，沒一個地方不好，但關薇君就連眼光都不好！為什麼我不能忘記關薇君，乖乖當疆書宇就好？

「二哥。」

反射性低頭看向書君，她突然笑了，「我一叫，你就看我了，還說不是我二哥

嗎？」

我勉強扯出一笑，「是呀，算了，妳就當我沒說過這話——」

「哥你救了我。」書君突然開口打斷我的話，但我卻不知道她為什麼突然提起這點。

「你醒來後才三天，世界就變成這樣了，你又瘦又虛弱，全家每個人都比你健康，可是我們卻都依賴著你。」

我笑了一笑，「那是大哥不在。」

書君低聲咕噥：「大哥總是不在，叔叔嬸嬸也不常在家，只有你和我。」

妳和我，但我卻已不是那個我。

「二哥，之前，林伯從地下室衝出來，你把我推進去，還叫我們不要出去，我心裡知道你死定了。」書君的聲音在顫抖，眼眶也紅了，懺悔的說：「二哥，你救了我，我卻打算讓你死在外面，是我沒有資格當你妹妹。」

「胡說！」我立刻駁斥：「妳是聽話的乖妹妹，是我叫妳別出來，妳要是開了門，連叔叔嬸嬸都要死，妳怎麼能開門！」

書君抹著淚，笑了。

「如果你不是我哥，難道你以前都是這麼拿命去救陌生人嗎？哥你只是不記得了而已，你真的是我二哥。」書君低聲喃喃：「一定是的。」

聽到最後一句，我明白了，不管我到底是不是，她都當我是。

我救了她和叔叔嬸嬸，還為此差點把自己搞死，整個人就像根枯枝那麼慘，連冷靜自持的疆書天一看都崩了臉色，更何況是書君，如果我不是她二哥，是佔了她二哥身體的孤魂野鬼，她還能怎麼辦？

為什麼要讓書君陷入兩難境地，我到底在幹什麼啊！

「我是妳二哥。」我立刻道了歉：「對不起，我一定是腦袋被砸得太厲害了，連這點都想不通，如果我不是妳二哥，怎麼可能會拿命去救你們，世界上沒有用命去救陌生人的聖人。」

「嗯！」書君用力點了點頭，看著我，突然撲進我懷裡，緊緊抱著不放。

我一定是疆書宇。

必須是。

⁂

不出意料之外，晚餐時間有人跟疆書天提起我出去的事情，今天留守在家的人

不是我之前想的曾雲茜，卻是凱恩。

疆書天非常震驚，怒吼：「小宇，你去哪裡了？你以為現在是可以亂跑的世界嗎？」

我淡淡地說：「悶在屋子裡太無聊了，我去附近找找物資。」

「太危險了！就算附近的異物被我們清除了，也不能擔保沒有漏網之魚。」

他沒有懷疑我又去做了什麼壞事。我垂下眼簾，有些安慰。

「不准你再出門！」疆書天的語氣完全沒得商量。

我不說話，自顧自地吃自己的飯，反正他總是要帶隊出去，留守的人看樣子是不會阻止我出去找死。

「疆書宇！你看著我！」疆書天怒不可遏的低吼。

「大哥你不要生氣！」書君帶著驚嚇的語氣說：「二哥躺了快兩個月，整天都在屋子裡，他真的很悶了，只是在附近走走而已，沒多久就回來了，大哥你別兇他，二哥身體不好，你看他還這麼瘦呢！要是嚇到了怎麼辦。」

身體不好的我下午才剛出去敲死五個異物。

聞言，疆書天的目光在我身上轉了一圈，接下來竟真的放柔語氣說：「無聊的話，你明天跟我們出去，別一個人出門。」

我正想說「不」，但一轉念，或者自己可以指導他們怎麼用異能攻擊，不要那麼依賴槍械，不管怎麼樣，團隊能夠強大還是好事，就算他們不喜歡我，但看起來還是很信服大哥。

「老大，我們可沒餘力保護孩子。」凱恩苦笑的說：「最近的異物不是那麼好對付，而且我們的子彈也不多了，不能浪費。」

曾雲茜更是不滿的說：「帶他出去，打到的進化結晶該不會還要算他一份吧？」

算我一份……我皺了下眉頭，想到他們既然不打算把進化結晶分給我，那同樣沒有出去戰鬥的書君、叔叔和嬸嬸會有嗎？

想到這，我閉上嘴，假裝被這話激怒了，捧著碗轉身離開。

「書宇！」大哥站起身來喊。

聽到叫聲，我立刻就往樓上衝，不讓大哥有機會把我攔下來，繼續打著要我跟他們一起出去的意思。

到了半夜，我溜到書君房裡問了問她，果然，她沒有分到進化結晶，就連叔叔和嬸嬸也沒有。

我皺緊眉頭，這麼看起來，他們只分給有參與戰鬥的人，這可真不公平，雖然沒戰鬥，但這整個家的家務都是他們三個人做的，連叔叔都沒例外，少分點還可以接受，完全不分可真的讓人不平。

正不滿的時候，我卻突然想起以前那十年，誰又會把結晶分給做家務的人，拿到沒立刻藏起來吃掉，就算是管理得很好的團隊了。

「其實大哥也沒有。」書君小小聲說。

「什麼？」我驚愣，急問：「為什麼大哥沒有？他是團長又有參與戰鬥，怎麼可能沒有！」

大哥的能力是治療，本來就對戰鬥幫助不大，現在又不吃進化結晶，就算是主角也得給個進化的機會，才能開無敵光環啊！

書君露出為難神色，低聲說：「因為都算在你吃掉的分上了。」

我愣住了。

「二哥，大哥根本不怪你吃掉那些東西，你的身體好得很快，應該是吃了那些東西的關係，其實他很高興的，可是這裡不是只有我們家的人而已，大哥也要顧慮其他人，你別怪他。」

「我沒資格怪他。」我搖頭說：「不是怪他。」

「那就好。」書君鬆了口氣。

我只是怕他。

那句「書宇你以前不是這樣的人」讓我怕了，他是否開始覺得我不是疆書宇了呢？哪天他要是認定我不是他弟弟，會用什麼手段來對付我？

光是想想，我就覺得心裡發寒。

努力甩去那些恐怖的念頭，現在大哥還是對我掏心掏肺的，我就是塊冰都得融化。

從胸前掏出一個項鍊來，這是今天搜尋來的東西，墜子是個只有五公分長的瓶子，應該是要灌香水精油之類的東西，我用冰晶加固過了，拿來放進化結晶正好。

我倒出一枚結晶，說：「君君妳吃掉這個。」

書君看著我手心的進化結晶，迷惑地說：「二哥你怎麼會有這個東西——」

說到一半，她一雙杏眼圓睜，似乎明白過來了，再次看向我時，滿臉都是著急的神色。

我警告的說：「不許說出去！尤其不准告訴大哥，不然我就再也不理妳了，而且我會跑掉，大半個月才回來一次，我認真的！」

她的臉都苦了。

「乖，吃掉。」

書君搖頭擺手，說：「二哥你吃，這東西對你的身體好。」

「我的身體早就好了，只是肉還沒全補回來而已。」我非常堅持的說：「如果妳不吃掉，我現在就拿去丟掉給妳看！」

書君無奈地吞下去了。

「君君，妳去泡三杯熱茶，要夠燙的，然後再端去給叔叔、嬸嬸和大哥喝。」

書君一愣，看著我再倒出四枚進化結晶來，很好，她的表情看起來是懂了。

「大哥那杯放兩枚，一定要看著他們全部喝下去，他們不喝完，妳就想辦法讓他們喝完，但不要讓他們起疑。」

「好。」書君小心翼翼地接過四枚進化結晶，點頭慎重地答應：「我一定會看著他們喝完，這些得來不易。」

她的眼眶有點紅。

看著書君離開去泡茶，我也回自己的房間去，一邊用冰晶加強匕首和長棍一邊思考。

傭兵團裡，曾雲茜很明確表達厭惡我，但想不到那個笑咪咪的凱恩惡意更深，我若真是一個普通的十八歲青年，這麼出去或許會有生命危險，但他卻不管我，這厭惡已經太深，達到有危險的地步了。

其他人就只有百合勉強算是幫忙緩頰過，但那更像看在大哥的面子上打圓場，也不是為了我。

這個傭兵團人人都吃了進化結晶，但是今天我若再不知情，那全家有吃進化結晶的人居然只有我。

太危險了！

團隊不肯分進化結晶給書君、叔叔和嬸嬸就算了，反正等我欠的還完，他們至少要分給大哥，在這之前，我會養著大哥，絕對不會讓他吃的結晶比那些傭兵少，還有書君、叔叔和嬸嬸也得吃。

我的家人通通我自已養！

第七章
咖啡沒有錯

蹲在二樓的陽台邊，我伸手摸了摸腰部，立刻傳來一陣劇痛，腰側少了一塊肉，流了不少血，這麼重的血腥味會引來異物，只好將腰間的傷口連同血液一起冰凍起來。

自己真是個白癡，陰溝裡翻船了，想不到這麼早就開始出現一階異物，我以為差不多要半年後才會開始出現，想不到才一個半月就有了，看來以前的自己太過孤陋寡聞。

以前這個時期，關薇君根本都在天天上演絕命逃亡記，連結晶的事情也不知道，根本不可能主動來打獵，所以會不知道一階異物這麼早就出現，倒也不是什麼奇怪的事情，看來以後不能全然相信以前的經驗。

就算是一階異物，現在的我應該可以對付，目前的身體強度和異能的能量多寡照前世算法，應該也到一階了，只是太過輕敵，才會被重傷，現在的警戒心果真還沒有恢復到關薇君時期。

那隻一階異物還在底下到處找我，我傷了他的膝蓋，他走起路來一拐一拐的，看起來氣得想把我撕成碎片再下鍋炸了吃。

我衡量著雙方的傷勢，到底該繼續戰鬥，還是轉身離開？

腰間的傷冰凍以後，感覺沒那麼痛了，但是一定會影響到戰鬥，或許還是應該

逃……不！

我心頭一驚，被那個「不」字狠狠嚇了一跳，這突然竄起的念頭感覺不像自己會有的想法。

記得以前，關薇君總是想逃，以為可以找到某個安全的地方，躲在那裡一輩子，但他卻總是想戰，想要殺光那些異物，想要變強，再也不需要躲躲藏藏，所以常常到最後，我都得帶著戰敗的他狼狽逃走。

但是，他卻也變得越來越強，沒多久後，我就被遠遠拋下，別說並肩作戰，就是在他戰敗的時候想帶他走都是件不可能的事情。

一個想逃一個想戰，說不上誰對誰錯，畢竟若是沒有想逃的我，那個想戰的他有二十條命都不夠死，但最後，他卻成為比我強大得多的異能者。

要戰，才能強大嗎？

我低頭從陽台欄杆處看向那個異物，他越來越接近了，要戰還是要逃，現在就得做決定，否則就會錯失最好的時機點——不論是逃或者出手的時機。

末世才一個半月就出現的一階異物很難得，吃了他的進化結晶，實力應該會大增吧？

如果是他，一定會選擇戰。

但是那時候，他身後有傻傻的關薇君等著救他，我的身後卻沒有人等著救我，如果敗了，就是死路一條。

我微微一笑。

要戰才會強是吧？沒有退路的戰鬥，是不是才能超越他，甚至達到冰皇的高度？

我拾起冰棍，緩緩站起身來，異物已經走到屋子下方了，他一定超過兩百公分，以現在的異物來說，身材算是很高大，渾身又覆蓋著硬質外殼，他說不定曾經被人開槍打過，才會進化出這種殼來。

剛才就是錯估殼的硬度，冰棍打不破殼，我的腰卻被對方抓破了，幸好摔到地上的時候，反給對方膝蓋來了一棍子，不算吃虧。

望著異物的頭頂，我一個咬牙，從二樓陽台一躍而下，一棍子朝對方的腦袋敲下去，但對方卻用手臂擋住了，這次攻擊還是沒打破那層殼，但從他的神色來看，他也不是完全沒事。

我現在的力量已經很大了，棍子又是鈍器，被敲這麼一記，就算有外殼阻擋也得受到震盪。

他單手抓住冰棍，力量顯然比我大多了，我一時抽不回來，這時，他又用另一隻手來抓我的腳，逼得我只能放開冰棍，讓對方抓到機會把冰棍遠遠拋開。

異物那張覆蓋褐色厚殼的臉上出現喜色，這時，我卻一個空中扭身，用膝蓋狠狠撞掉他的喜色，順帶拔出綁在腿上的匕首，一刀子戳進他大得異常的眼窩。

他痛得狂吼，雙拳亂揮之下擦過我腰間的傷，痛得我全身一陣發抖，但沒時間為此停滯，立刻趁機抓住他亂揮的拳頭，結凍！

控制住對方的行動後，我一腳朝著插在眼窩的匕首踹下去，我踩我壓我扭……對方轟然倒地，卻還不時扭動，我解開雙手的凍結，撲上那把匕首，抓住刀柄就上上下下左右左右只差沒ＢＡ了，徹底把對方的腦子攪成一團爛泥，身體就剩下抽搐的功能。

呼……

打倒一階異物了！

心情那個好啊，疲憊和傷勢全都不在意了，只覺得前景一片看好，末世才一個半月，我居然能夠打倒一階異物，那放在關薇君時期，就是末世第三年，我看見一階異物也還是會選擇逃跑。

接下來就是刨屍時間了，那殼真是硬得沒邊，我又敲又砍又鋸又踹，累得腰間的傷勢痛不可遏，這才把進化結晶取出來，但一看那結晶竟有小指節那麼大，就覺得一切都值得了。

這次的收穫出乎預料得好，加上腰間的傷勢有越來越痛的傾向，我也不打算繼續打獵了，直接轉身回家。

開著車，腰部傳來一陣陣的痛，讓我感覺不太妙，一回到家就立刻先解開衣服查看傷勢。

傷勢比我想像的糟糕多了，三道深深的爪痕從腰側橫跨三分之二的腹部，傷口很深，要不是用冰凍住了，說不定剛剛劇烈戰鬥的時候，腸子都會掉出來，太險了。

我抹了把冷汗，開始包紮傷口，順便安慰似的打一針抗生素，雖然對於到達一階的身體來說，抗生素的用處已經不大了，本身若是不能抵抗感染，抗生素也不見得會有用。

站到鏡子前，我把其他見血的傷口也稍微清理了一下，瘀青刮傷這種小傷口就不管了。

我看向鏡子，裡面一個漂亮的青年也回看著我，大概是傷勢的關係，臉色顯得有些蒼白，薄有肌肉的修長身軀滿佈傷痕，但這都掩不掉整體的英挺俊秀。

現在的「疆書宇」已經完全恢復健康了，書君說我和以前沒被磁磚砸過的模樣差不多，現在看起來好像還更結實了點。

每天習慣性照鏡子檢視身體狀況時，鏡中人俊美得讓我覺得自己遲早被閃瞎眼，再扯開一抹笑，笑容看起來神祕迷人……真讓人不懂啊！自己只是在傻笑罷了，神祕又迷人是哪招啊！

每天洗澡都不敢多看自己的身體，真害怕某天看著鏡中的自己看到流鼻血，那就真變態等級的自戀了。

就連現在受了傷慘不忍睹的樣子，看起來也讓人滿心憐惜，真是夠了！

打了個大哈欠，我連忙穿上衣服，出去找書君，快點把事情做完好上床睡覺。

在妹妹面前拿出今天所有的收穫來，在打到一階進化晶體之前，還打了三枚一般的進化晶體，一共四枚，晶體的個頭都不小，尤其是那枚一階晶體……咳，我承認自己有點獻寶的意思。

「這枚怎麼這麼大啊？」書君有點訝異的說：「傭兵團他們也沒有拿過這麼大的回來呢！」

「這是一階異物的進化結晶，比一般的更好，妳先吃一顆小的……」說到這，腰部的刺痛讓我停頓了一下，「再去泡三杯茶來。」

書君卻沒回應，只是看著我，不知是什麼意思，我正疑惑的時候，她就說：

「好，我去泡茶，兩枚小的給叔叔和嬸嬸，這枚大的給大哥，對嗎？」

「嗯……等等！」

遲疑了一下，我也好幾天都沒看見過大哥，今天打到一階異物，心情好極了，乾脆趁機去和大哥聊個天。

「妳泡給叔叔和嬸嬸就好，我去泡杯咖啡端給大哥。」

書君一聽，眼睛都發了亮，連連說：「對對沒錯，二哥你去泡，大哥一定很高興。」

我哼著小曲，泡了一杯咖啡送去給大哥，最近自己忙著出去打獵，大哥那邊也很忙，似乎是槍彈的存量有點告急，所以他們正準備要開車去更遠的地方搜尋槍械，附近這種居家環境頂多找到一兩把手槍和獵槍，根本不夠他們用。

大哥正在清槍，一看見我進來，神色有點訝異。

我微微一笑，說：「大哥我給你泡了咖啡來。」

大哥看向我手裡的咖啡杯，點點頭，手上清槍的動作沒有停，我把咖啡放在桌上，正想開口和大哥聊幾句，他卻先無奈地嘆了口氣。

「書宇你天天都出去，到底是去哪裡了？」

「搜尋物資。」我只能說著這個千篇一律的藉口。

「是嗎？」大哥垂下眼簾，繼續擦著槍。

我就只有這個藉口可說，而且也真的有拿物資回來，因為走得遠且更加深入郊區，那裡的物資比這邊還充沛，每次都是拿了好幾個背包的物資回來，只是我不希望他們依賴槍，所以沒帶過槍械。

看見大哥還在清槍，我瞄了桌上的咖啡一眼，忍不住催促：「大哥，喝咖啡吧。」

「你放著吧，我等等喝。」

聞言，我更急了，這是一階進化晶體，現在很難找到的，一定得看著他喝完才放心，只能催促：「現在喝不行嗎？我特地給你泡的呢！」

大哥抬起頭來，解釋：「我剛喝過水，現在不渴，等等再喝。」

我張了張嘴，不知道該怎麼樣讓他現在就喝下去。

大哥看著我，放下手上的工作，認真地詢問：「書宇，你還有什麼關於末世的事情沒說出來嗎？如果有的話，說出來對大家都好。」

還有什麼沒說？難不成要把自已末世十年的生活點滴都交代清楚嗎？

重點是很多事情就算說出來，你們也不會明白的，什麼一階異物說到底就是更強的異物，不過是人們擅自的分階罷了，不真正碰到、真的交手過根本不能了解那是什麼強度，說出來完全沒屁用，只會讓人擔憂而已。

而且很多事情也怕會說錯，像是今天才末世一個半月就出現一階異物，但就我的認知卻是半年後才會出現，要是誤導大家該怎麼辦？

前世，闕薇君在末世第一年就是個到處逃亡的普通人，很多事情根本說不準。

「只有以前生活在末世的經驗，這個也不好說清楚。」

大哥點了點頭，不再說話，看起來也沒有和我說話的意思，更沒有去碰那杯咖啡。

我有點不安，拚命忍住把咖啡帶走的想法，想著大哥的能力是治療，想著他償還那些被我吃掉的結晶……

深呼吸一口氣，不會的，大哥一直都對我掏心掏肺。

「大哥，記得喝咖啡。」

「嗯。」

回到房間，我坐在床上愣了一陣子，今天受的傷很嚴重，該早點休息，讓傷越快痊癒越好，才能繼續出去打獵，而且眼皮也沉重得快打不開了，但是，我卻怎麼也揮不去心頭那抹擔憂。

遲疑了一下，我還是起了身，忍著腰痛走到後院去，強化過的身體，五感都比

以前靈敏多了，很快就聞出空氣中有一絲咖啡的香味。

走著、尋著，到了屋子的牆邊，我抬頭一看，那是大哥房間的窗戶，再低頭盯著地面。

地上傳來咖啡香。

我真的錯了，該像之前那樣，讓書君來送茶就好，白白浪費一階異物的進化結晶，說不定還讓大哥起了疑，以後他要是連書君端的茶都不肯喝，那該怎麼辦？

蹲下身來，我挖起滿是咖啡香的土，一口口往嘴裡吞下去。

不能浪費。

◆

結果，晚上肚子痛了，跑了一整晚的廁所，幾乎沒闔過眼，這麼一番折騰，腰側傷勢越發嚴重，隔天睜開眼，竟爬不起來了。

躺在床上，感覺臉熱身體冷，渾身像攤泥一樣軟，我肯定發燒了，感覺起來燒得還不輕。

最近三個禮拜，天天下午都溜出去，有時半夜也出門，五個人的進化結晶果然是個很重的負擔，尤其是大哥，他要吃兩人份的結晶才行，治療異能無法增加戰鬥力，他更需要結晶來強化身體。

每天都把異能榨得乾乾淨淨，就算以疆書宇的良好體質再加上吃了許多進化結晶，似乎還是太勉強了……

外頭傳來敲門的聲音，書君詢問：「哥，吃飯了，你怎麼不下來吃呢？」

我沉默了一會，這種病勢不可能瞞住書君，只得說：「君君，妳端來給我吃好嗎？就說我不想下樓吃飯。」

一被大哥發現病了，稍微檢查一下，我的傷勢就瞞不住了，要是被大哥發現我偷偷溜出去打異物，不知道他會有什麼反應。

門外沉默了一陣後，傳來一聲「好」。

不一會兒，書君端了飯菜來，我努力起身，拖著沉重的腳步去開門讓她進來。

書君端著飯菜進來，默默坐在一旁看著我吃飯，直到我放下碗筷，她才開口說話。

「哥，你病了，連這也不可以告訴大哥嗎？他有治療能力，可以治好你。」

我搖了搖頭，一口否決：「別說。」

書君不再提了，不放棄地提議：「那我今天給你做雞湯，你得答應我喝完。」

我停頓了一下，對於一階的強化身體，其實雞湯早就沒有用了，但只要能讓書君放心一些，那就點頭應聲「好」，然後把湯喝下去就是了。

吃飽後，我躺下又睡了一陣子，醒過來後本想淬鍊一下匕首，但一使冰異能就頭痛欲裂，只能放棄，乾脆整天吃飽睡睡飽吃，爭取早點把病養好。

不料躺到第三天，我整個人還是昏昏沉沉，腦袋竟然更暈了，張開眼睛想看個時間，連掛鐘都在旋轉，好不容易才看清時間，竟然已經下午一點半了，若不是門外有吵雜聲，還不知道要睡到幾點。

「他還在鬧脾氣不下來吃飯？」

這是……大哥的聲音？

「不是啦，大哥，二哥只是睡過頭，他昨天晚睡了。」

「有什麼好晚睡？難道現在晚上還有電視可以看嗎？外頭有異物，晚上根本就不能開燈，一片漆黑，除了睡覺，他晚上還能做什麼事情？書君妳不要再幫他開脫！」

「大哥，真的不是，二哥他、他……」

「疆書宇！你給我開門！」

開門……

可我已經起不來了……

茫然之中，看見房門整扇被人踢開，疆書天帶著憤怒的表情衝了進來，我只覺得心裡慌到整個胸口都在發麻。

是，憑著對末世的了解，我確信自己離開這裡也活得下去，但我就是不想走，不想離開這個家。

可是傭兵團恨我，現在連大哥都開始厭惡我了，連我端去的咖啡都倒掉不喝，他到底有多懷疑我不是他弟弟？

再不走，難道要等疆書天的疑心高到超過臨界點，然後跑來掐死我嗎？

可是君君啊、大哥啊、叔叔和嬸嬸啊……

重生後，雖然還是末世，但卻有家人相伴，我真的不想離開，到底該怎麼辦？

「書宇？」

大哥衝到床邊，低頭看著我，憤怒的表情凝結住了，而我滿心恐懼，想著他是不是要掐死我了？

「大哥是大白癡！」

書君衝進來，用力捶打大哥——這可是威武的大哥啊，妳竟然敢說打就打？

「大哥你是白癡！是混蛋！我全都看見了，你居然把二哥泡給你的咖啡倒掉，那是二哥好不容易打到的進化結晶，有大拇指那麼大啊！」

君君妳說得太誇張了，只有一個小指的指節大而已。

「大哥你知道二哥去你倒掉咖啡的地方，把土都給吃了嗎？」

居然被看見了？我的警戒心應該沒那麼差的，疑惑了一下，突然想起嬸嬸的探查能力來，這才明白過來，看來叔叔和嬸嬸也知道這件事了，這書君真是……

書君用力推開大哥，走到床邊難過地看著我，眼淚一滴一滴掉下來。

算不清，我到底惹她哭了幾次，明明才短短一個多月，那雙杏眼卻總是溼潤的。

「我前幾天就覺得二哥走路怪怪的，比以前受傷的時候還掩飾不住，這幾天他根本都起不來，這次受的傷果然很重，之前好不容易才養好的，現在又虛弱成這樣了。」

大哥看向她，震驚的問：「受傷？不是病了？但書宇怎麼會受傷——妳剛才說他跑去打進化結晶？誰跟他去的？」

書君把一切全都說出來，話裡帶著濃濃的指責口吻。

「之前我泡給大哥你喝的茶，都是加了進化結晶的，我和叔叔嬸嬸都有份，全都是二哥自己去打的！他每天忙著打異物，不管白天晚上都出去，受了傷也不說，但我只要一看他走路的樣子就知道他又受傷了！」

原來書君都知道，我還以為自己的演技很好，結果是她的演技比我更好。

大哥帶著憂傷的神色，語氣更是深切的痛心，「書宇，為什麼你要瞞著我這些事？你不信我嗎？難道大哥已經不值得你相信了嗎？」

不是！只是我不想加入那個討厭我的傭兵團，還得把進化結晶平分給那些人，我就是不爽和他們平分！他們還不願分給書君、叔叔和嬸嬸，我怎麼能和他們平分！

寧願獨自一人冒險去打進化結晶，只要能把結晶留下來和家人平分就好。可要是被大哥知道了，他肯定不願讓我自己單獨一個人去打獵，所以不能說。

什麼都不能說，只能一直去打異物，卻怎麼樣都湊不到足夠的結晶，今天打到的結晶到底要先分給誰？

一階異物出現了，要是遇見其中的強者，我能打得贏嗎？打不贏的話，可以跑得掉嗎？

今天回家若碰見大哥，他會用哪種表情看我，他到底有多懷疑我了？

君君妳別難過，我沒受傷，這次真的沒有……

委屈、痛苦、害怕，最多的是捨不得，各種情緒突然通通湧上來，我一定是燒得腦袋都壞了，不然怎麼可以同時出現這麼多又這麼複雜的情緒，就算是前世那亂七八糟的人生，也不曾有過這麼糾結的情緒。

大哥緊緊揪著眉，我說不上來那是什麼樣的表情，一看見就讓人感覺很難受，他低低的說：「小宇，別哭，一切都是大哥不對。」

「你不喝我的咖啡。」我喃喃著最讓自己痛苦甚至恐懼的事情，「倒掉了，大哥怕我下毒嗎？你覺得我想害你嗎？」

「對不起。」大哥持續不斷地擦著我停不住的眼淚，說了又說：「對不起，以後不管你端什麼來，大哥都喝。」

我哭著，不知道為什麼一直哭著，眼淚怎麼樣都停不下來，自己到底要到什麼時候才可以像個流血不流淚的男人，老是這麼像女人的哭著，白白浪費疆書宇這副好樣貌。

大哥突然低下頭來，用額頭抵住我的額頭，語氣透著濃濃的擔憂。「小宇你燒得好厲害，到底傷了哪裡？」

我哭到都快說不出話來，勉強擠出一個字來，「腰。」

他掀開棉被，直接撕開我的上衣，小心翼翼地解開繃帶。

一旁，書君倒吸一大口氣，然後摀住嘴不敢發聲，傷勢真有那麼嚴重嗎？算了，書君的反應沒有參考性，就算我有個指頭大的瘀青，她都會帶著滿面愁容，還硬要幫我揉散瘀青。

大哥的臉色很陰沉，說：「傷口化膿了。」

難怪會發燒，我都已經是一階強化身體，經過包紮的傷口居然還會感染，看來那隻一階異物果然也不是蓋的，死了也這麼努力拖我一起下地獄。

腰間突然傳來暖暖的、舒服的感覺，那是大哥的治療能力，好久沒有體會到這種感覺，我都快忘記被治療是多麼舒服的一件事。

「書君，去燒盆熱水給妳二哥擦身。」

「好！」

被治療過後，身體終於好多了，雖然還是在發熱，但至少腰間的痛楚減輕許多，接下來，大哥和小妹用熱水給我擦澡，真是舒服得整個人都昏昏欲睡了。

耳邊傳來大哥的聲音，低沉卻令人感到安心。

「小宇你好好睡吧，醒來以後，君君再給你做飯吃。」

我「唔」了一聲，沉沉睡去。

✦

再次睜開眼的時候，我竟然被五花大綁了。

這是什麼狀況？

「唷，大帥哥醒來了呢！」

突然聽到一個聲音，我這才注意到房間有人，扭頭一看卻發現是個不認識的女人，她正好整以暇的打量著我，眼神非常讓人不快。

「他比電視上那些明星都好看，我的天，睡著的時候好看，睜開眼又更帥了。」

這個聲音……房內還有其他人？我轉頭一看，三男兩女，全都是陌生人。

另一個女人趴到床邊來，她看起來比較年輕，大概二十多歲，伸手就朝我的臉摸來，見狀，前一個女的也靠過來動手動腳。

我無奈了，前世身為女人得擔心被強暴，這世都是個男的了，看這樣子還是得擔心被強暴，所以說人在末世，長得太好看根本不是好事啊！

無視各種性騷擾，我努力想在動彈不得的情況看清現在的狀況，首先就在旁邊的地上發現叔叔和嬸嬸，兩個人都被綁住手腳，正擔憂地看著我，但幸好看起來沒有受傷。

既然叔叔嬸嬸都在，怎麼沒看見書君……糟了！君君長得那麼漂亮！我恐慌了。

等等，先別緊張，叔叔和嬸嬸看起來只是有點驚嚇，還算鎮定，從他們的反應看起來，書君應該沒事——一定要沒事啊！

這時，又有一個人走進房間，他長得很瘦長，肩上還揹著一把長槍，對房內的一個高大男人說：「隊長，不太對勁，地下室堆滿食物和民生用品，都是一箱一箱的，多得誇張，這看起來不像蒐集來的東西，倒像是這些人預知末日，先囤積了一堆物資。」

糟糕，物資被發現了，這下子他們肯定不會輕易離開。

他們人太多，手上都有槍，而且火力不小，高大男人背後甚至揹著把機關槍，連女人也有手槍。

如果只有手槍，我還能試著閃躲或者用冰擋下來，機關槍就真的頂不住了，唯一有把握的事情是逃走，但叔叔和嬸嬸在這裡，我不能獨自逃跑。

我查探著身體狀況，先在嘴裡化出一塊冰，確定自己可以用異能，也順便解決口渴，再來稍微動了動腰，有點刺痛，傷勢看來還沒全好，但頭並不暈，應該已經退了燒。

如果這些人彼此之間的距離可以遠一點，給我一些時間差，或許就能夠一個接一個解決他們。

「就妳們高興！」一個尖頭鼠目的矮小男人看著兩個女人，恨恨地說：「可惜讓那個女娃逃走了，她長得可標緻了。」
書君逃走了嗎？太好了！
一個胖子動手巴了矮小男人的腦袋，罵道：「誰讓你透露消息！」
矮小男人吃痛地摸著腦袋說：「沒關係吧，這三個人有兩個老傢伙，這個年輕的看起來還在生病，誰怕他們啊！」
聞言，我皺了一下眉頭，照理說，閣樓應該有個傭兵團的人在警戒才對，是死了還是逃走了？
不管如何，現在只能靜靜地等待機會，只要他們分散得夠開，我應該可以在不危及叔叔嬸嬸的情況下解決這些人，雖然他們有槍，但除了那個高大男人和瘦長男人身上的氣息有點危險，其他看起來都不是什麼使槍的專業人士。
雖然想安靜等待時機，但那兩個女人可不想等，一直在我身上東摸西摸，到後來竟開始扯起上衣來了。
我愕然，有沒有搞錯，妳們飢渴到打算當著眾人的面姦了我嗎？末世都還沒有兩個月，有沒有進化到這麼豪放啊？
「妳們別碰書宇！」叔叔氣得臉都紅了，忍不住大罵：「對個孩子動手動腳，妳們有沒有羞恥心啊？」

那個年輕的女人停了下來，臉上有些紅，看起來還有些道德觀念，但年長的那一個卻哈哈大笑著說：「羞什麼啊，都世界末日啦，你們還帶著羞恥心幹嘛，能當飯吃嗎？」

一說完，她挑釁般用力撕開我胸前的衣物。

你媽咧！再安靜等待機會就要被姦了啊！我還發過誓這輩子不給人上的！一股邪火從胸口竄出來，有一種衝動想把這女人到處亂摸的手剁下來塞進她嘴裡去！

「妳給我住手！」叔叔咬著牙。

「小宇才十八歲，妳不能這樣亂來！」嬸嬸更是心急的大叫。

一聽見叔叔和嬸嬸的聲音，我心中的邪火就被掐熄，算了，好歹自己也是個男人，被女人這個那個不算被上。

要是不顧一切動手打起來，對方的人數太多，光是房間裡就已經有六個人，搞不好外面還有人，而叔叔嬸嬸又被綁著不能動彈，子彈不長眼，太危險了。

聽到嬸嬸的話，年長的女人卻更開心了，直嚷著：「唷！還是十八歲的嫩草呢！這下可補了！」

然後，她就伏下身來，在我胸口啃來啃去，另一個年輕點的女人也不過堅持了一分鐘後就朝我的臉親來，還好我閃了一下，沒讓她親到嘴，不然這具身體的初吻就沒了。

該不會要當眾表演春宮戲什麼的吧？這真讓人欲哭無淚，雖然上輩子見識多，但我還以為這輩子只要把實力練高點，就可以少見識點這些亂七八糟的東西，沒想到才一個半月，自己就淪落成亂七八糟的主角，比關薇君以前當旁觀者還慘。

所以說，人在末世真的不能長得太漂亮，不管男的女的都一樣！

不行，我至少得為自己的貞操盡點努力。

「不、不要……」我眼角帶淚，各種淒涼悲慘，輕聲懇求：「至少不要在這裡。」

努力擠出淚水來，傻笑都能神祕迷人，現在故意裝可憐裝悲慘，還不迷死妳們！快帶我到隔壁房間去姦，我立刻就滅了妳們！

雖然使著美男計的時候，內心有想哭的酸楚，我這都一階了，還得被個普通女人欺負，真是虎落平陽被狗姦啊！

兩個女人傻傻地看著我的臉，剛剛臉皮厚到要當眾姦男人，現在卻羞紅成一片，疆書宇的魅力果然威力無窮，這張臉本身就是一種異能！

「這男的表情還不錯。」瘦小男人竟湊上前來，一雙爪子就朝我胸口摸來，喜道：「老子我沒喜歡過男人的都看得心癢癢了，美女跑了，這個也行。」

你媽的給我滾，老娘……不對，老子我不給上的！

兩個女人好像地盤被人踩了，青面獠牙張牙舞爪的吼：「你走開！死變態，不准再摸他！」

瘦小男人可不怕她們，吼回去：「怎麼就准妳們姦人啊？大家一起抓的，誰都有分！難道其他人都不准摸啊？」他看向胖子和瘦高男人，高喊：「看看這男的，你們兩個不想上啊？」

上上上……上你的異物啦！

沒想到會惹來更多人，還是男的，我有點惱怒，看來色誘這手段以後真的不能用，其他男男女女用用有效果，這疆書字一用就毀天滅地連帶毀滅自己了。

嬸嬸突然開口說：「你們來摸我吧！我的年紀是大了點，但你們看看，我還很漂亮的，胸部又大，女人怎麼也比男人好呀！」

嬸嬸……

我想殺了這些所有的人。

「別吵了！」高大男人不耐的說：「通通不准動他，這屋子不對勁，給我拿好槍！」

外面又走進一個男人，向高大男人報告：「郝隊，閣樓有哨點，看起來很專業，不是普通人設下的，但沒有人在那裡，多半是看我們人多先逃了。」

該死，果然不只六個人，到底有多少人？而且剛走進來的人看起來也不像普通平民，應該有戰鬥的能力。

我不該輕舉妄動，但如果他們真的要碰嬸嬸——那就不死不休！

在高大男人的指示下，叔叔被帶走了，嬸嬸則留在原地。

「你們有多少人？」

高大男人問著嬸嬸，卻抽出匕首抵在我的脖子上。

嬸嬸的臉色變了。

高大男人淡淡的說：「我是不會一刀殺了他，但避開要害割他幾十塊肉下來還不死，這點倒是做得到。問了妳之後，我還會再問你男人一次，若是兩邊說法兜不上，這裡全部的人會把這男孩上一遍，然後我再把他的肉一片片割下來。」

聽到這威脅，嬸嬸整個臉色都發白了，一五一十全說了，接下來換叔叔進來，高大男人如法炮製，得出一樣的答案。

這下子真的有點糟糕了，自家隊伍的人員組成都被打聽清楚，我方卻不知道得知家裡被人佔的消息了沒有，希望逃出去的書君或者那名留守成員可以快點找到大哥他們。

瘦高男人說：「郝隊，聽起來人不多，不過有幾個傭兵在裡面，倒是有點麻煩。」

郝隊，不知道是名字還是郝隊長的意思，摸著下巴沉吟：「小鬼，你的全名叫什麼？」

聽到這問題，我暗暗皺了下眉頭，但嬸嬸還沒被帶回來，要是名字對不上就完蛋了，只好老實交代：「疆書宇。」

「郝隊，你想收下他啊？」胖子覺得很稀罕，好奇十足的問：「想不到郝隊對男的也有興趣。」

「胡說啥，老子對男人沒興趣！」郝隊巴了對方一腦袋，然後反問了一句：「疆域傭兵團，聽過吧？」

瘦高男人似乎覺得自己的智商被污辱了，但污辱人的是隊長，他也只能吞下這口氣，回答：「當然聽過，那傭兵團規模不大，但成員聽說都挺不錯，在業界還挺有名的，怎麼老大你認識他們啊？沒聽你提過。」

「見過面，不算認識，那時想拉他們其中幾個，所以打聽過一點消息。」

瘦高男人忍不住說：「聽說疆域傭兵團的人不好拉，他們很少換成員，要拉人走不容易，要進去更難。」

「沒錯，我打聽完，連開口拉人的興趣都沒了。」郝隊摸著下巴說：「不過那時知

道疆域傭兵團的團長就住在中官城附近，真名叫疆書天，你說這疆書宇是他的誰？」

居然認得大哥？我皺眉思考，但這語氣聽起來和大哥應該沒交情也沒仇，就是同業而已。

沒想到居然也是傭兵，這下子更麻煩了，一般人和傭兵的戰鬥素質可完全不是同一個檔次的。

「如果這是疆域傭兵團的地盤，那就棘手了。」郝隊思索後說：「正面幹上不值得。」

「郝隊，這裡的物資很多。」胖子立刻反對。

「我沒說不要物資。」郝隊揮手阻止眾人的疑慮，解釋：「本來是想直接佔了這間屋子，這裡的位置和房屋的堅固度都還不錯，地下室又全是物資，一路進來都沒發現怪物，多半被疆域清剿光了，但我們得把疆域傭兵團整個滅了才能安心住下，不然還得小心被尋仇，不說別的，他們不時來放個火，我們就頭大了。」

「那就打啊！」瘦小男人高聲叫：「我們人多，怕他呢！」

「你他媽知道槍戰一場要花多少子彈？我們有手榴彈，疆域也不知有多少彈藥，這得引起多大動靜？」

郝隊沒好氣的說：「就算我們滅了他們，八成也得射光子彈，槍戰的聲音會引來一堆異物，這屋子多半不能住人，到時搞不好連物資都得扔下不管，之後的日子要是沒槍，你敢拿刀去切怪物嗎？」

瘦小男人脖子一縮，哪還敢說話。

沒想到，這男人看起來粗壯，心思卻頗細膩，其他人聽完也覺得有道理，沒人再反駁他。

「去附近找車，把物資都搬走。」

瘦高男人說：「這裡的物資很多，得花一段時間。」

「時間就得靠這小子爭取。」郝隊用槍托抬了抬我的下巴，笑著說：「疆書天是出了名的顧團員性命，你說他會有多護著親弟弟？可惜沒抓到那個妹妹，那麼漂亮的妹妹，做哥哥的肯定很疼愛她！」他特別加強了疼愛兩個字。

眾人嘿嘿地笑了起來，表情說有多淫邪就有多淫邪。

郝隊思索了一下，對兩個女人揮手說：「妳們兩個過來再咬幾口，把他弄得慘一點，讓疆書天更心疼些。」

兩個女人的臉都亮了，我的臉卻黑了。

第八章

病貓大反擊

我從躺在床上五花大綁，變成被吊在陽台上。

這處境真是越混越回去了，真懷疑自己真是穿越重生的嗎？有我這樣重生到被磁磚砸、被異物抓成枯枝、吃土、被姦未遂，最後還淪落到吊陽台的嗎？

誰要說我這一次在末世吃飽穿暖日子過得好，我會溫柔的跟他說：乖乖站在這裡，我上一〇一大樓丟磁磚砸你！

不知是大哥的哪個傭兵團成員在附近埋伏的時候，被這裡的人發現了，結果我就淪落到吊陽台了。我私心認定是凱恩故意洩漏蹤跡的，就算不是也記在他頭上！

唯一可以慶幸的是他們沒有發現我的冰匕首和冰棍，大概是我年紀輕又一副病懨懨的慘樣，加上地下室物資已經多得嚇死人，所以他們根本懶得搜尋我的房間，真是幸好，要是被他們發現那兩樣武器，肯定不會這麼簡單地把我吊在這裡。

其實，我根本不在意手上的繩索，他們還算是謹慎的，用的是粗麻繩，綁個傭兵大漢都綽綽有餘，更何況是個十八歲的孩子，可惜就遇上我，算你們運氣不好！

不，其實算我運氣不好，不管怎麼看，被吊在這裡慘兮兮的人是我。

要是沒有那柄機關槍和叔叔嬸嬸在附近，我就把你們通通都……不對，他們說還有手榴彈，呼，幸好自己沒有妄動。

只好繼續吊著等時機了，其實大哥他們要是開個戰引走這邊人的注意力，那就是最好的時機，我一定可以趁機救走叔叔嬸嬸！

但是，我卻也擔心那個郝隊說的話，雙方一旦開戰，槍戰加上手榴彈，這裡真的不能住人了，連同物資都可能有危險，而且大哥他們本來就開始缺乏槍藥，而他們似乎沒真的認真練異能，就算這次打贏了，之後沒槍的日子也會很難過。

想來想去，我還是覺得只要製造點時間差，讓我一個一個把他們滅了，是最不會出錯的方式。

說來剛剛真是可惜，那兩個女人被郝隊阻止了，沒能把我帶到隔壁房間去姦。

郝隊走出陽台，但他可能怕被狙擊，所以站在我身後，對著空氣高喊：「疆書天，我警告你，離屋子遠一點，放棄這個基地，要不然你這漂亮得不像話的弟弟就會被割得沒個人樣！」

他用匕首抵著我的背心，低聲說：「給我哭著喊：『哥不要過來，他們真的會殺了我，叔叔嬸嬸也在他們手裡』，其他的都不准說，多說一個字，你叔叔就要戴綠帽子。」

聞言，我胸中邪火一冒，但現下也只能照做，但還真哭不出來，只好把聲音裝得慘烈一點，把那段話喊完，希望大哥不會太擔心……

一說完，郝隊突然抓住我的頭髮，重重往後一拉，雖然頭皮頗痛，但我卻慢了半拍才發出慘叫，因為突然想起自己的形象可是柔弱無力美青年百無一用大學生，所以不能忍下頭皮這點痛而不叫，只希望這半拍的延遲沒引起對方的注意。

幸好，郝隊退回屋內，應該沒起疑心。

我在嘴裡化出冰塊，慢慢融成水喝。至今也沒感覺到這些傭兵有能量的波動，除非他們的異能遠比我強，否則在施展異能時不可能瞞過我，而我幾次化出冰塊，他們也沒有任何反應。

應該百分之百可以去掉異能這個變數，他們就算發現異能，強度也不可能威脅到我。

現在就等大哥出招了，時間拖得越久，他們搬走的物資越多，希望大哥別太晚出手，不然要追回物資會有點麻煩。

不知還要等多久，我繼續化出冰塊來喝，其實肚子好餓的說，真想念書君煮的飯，現在只能喝個水飽真是難受，哼哼，這就記在郝隊的頭上——

「郝思文！」遠方傳來大哥怒到讓我心驚膽戰的吼聲：「立刻放走所有人質，否則不死不休！」

我差點被嘴裡的冰塊噎死。

郝、郝思文？別跟我說這是郝隊的名字，那男人怎麼看怎麼高大粗壯，居然叫好斯文？整個斯文都掃地啦！

郝隊再次走出來，若有所思的說：「看來你比想像中還重要。」

大哥啊，你真的失控了啦！都被敵方發現了。話這麼說，我卻覺得心裡暖暖的。

郝思文高聲回應：「疆書天，只要你答應放棄這個基地，你家弟弟就會活得好好的。」

「大哥千萬別答應！」我有點慌了，雖然沒有過去的記憶，但直覺就是疆書天這個男人說一不二，真答應了，或許真的會完全放棄這個基地。

違禁說了話，郝思文朝我的腦袋就是一槍托打來，幸好這次我總算記得要慘叫。

突然一聲槍響，郝思文後方的牆面上出現一個彈痕，離他只有二十公分左右的距離。

「你他媽！」郝思文怒不可遏地舉起槍來，卻沒有真正失去理智，不愧是隊長級人物，這男人瞄準我的腿而不是腦袋。

這時，我整個人只有腳尖可以稍微觸到地面，這是為了讓我沒有著力點，將掙扎能力降到最低，又不至於會完全懸空，支撐不了多久就會出問題。

大概是我看起來真的太沒有威脅力，他們連我的腳都沒綁，只有手腕被粗麻繩綑住了，哼哼，真以為我柔弱無力美青年了，告訴你，就只有美青年是真的！

握住懸吊的粗麻繩，利用腰力在半空中一個大旋轉，面對郝思文，然後一腳踹中他手上的機關槍，還直接把槍踩壓在後方牆壁上，力道大到讓牆面都出現裂痕。

另一腳朝他的下巴一踹，這時，我的手上早化出一把巴掌大的冰刀，雖然不如淬鍊的冰匕首，但割個麻繩還不簡單嗎！

繩子一斷，我的腳一踩地就順著這勢往前衝，這時對方才剛被我踹中下巴往後倒，我衝上前去，巴掌大的冰刀劃過對方的脖子……

可惜他竟然來得及反應，不愧是傭兵，郝思文直接往後歪倒，勉強閃過脖子上這一擊，但冰刀還是在他的臉上留下一道深深的血痕，或許連喝水都會從那條縫流出來。

緊接著，我一個後空翻，撿起剛才被踹在陽台牆上的機關槍，一邊走進房間一邊開槍掃射，所有動作一氣呵成，絲毫沒有拖延到半秒鐘。

開槍的同時，我眼角瞥見叔叔和嬸嬸，他們坐在牆角，沒人管他們，中年夫婦什麼的，傭兵們果然根本不看在眼裡。

答答答答答答——

滿室都是機關槍響的時候，偶爾夾雜著手槍回擊的開槍聲，但只有一兩次，然後就徹底寂靜了，雖然子彈還沒有打完，不過我已經沒有目標物可攻擊了。

從頭到尾，叔叔和嬸嬸兩人都瞪大眼看著我，根本反應不過來，剛剛那些事情發生的實際過程可能也就十秒鐘左右。

緊接著，我連冰棍和冰匕首都沒來得及拿，立刻就衝出房間，關上門的時候，手往後一甩，用冰凍住門鎖，讓人無法再進去傷害叔叔嬸嬸。

連叔嬸的繩子都不解就急著衝出來是因為郝思文跑了，我沒想到他在那種情況下還有辦法逃，他倒地後立刻竄起來，竟然完全不打算反擊，當機立斷就抓住那個胖子當盾牌衝出房間。

哪怕我打了十幾槍過去，也沒能打死他，不得不先把其他人解決了，免得他們有機會去抓叔叔和嬸嬸，所以讓那傢伙跑出房間。

但我是絕對不會讓郝思文逃走的，就如他之前說的話，既然動了手就一定要趕盡殺絕，不然光是被惦記著就有危險，我把他的傭兵團打沒了，在這種末世失去團隊，他不可能不恨我。

一衝出房間就看見郝思文的背影，他已經在走廊盡頭要往下跳了，要是讓他逃出房子，那可就難找了。

直接凍出十幾把小冰刀，正要射過去的時候，旁邊房間卻衝出瘦高男人，他愕然地看著我，手上是兩把槍，毫不猶豫就開了槍，這二話不說殺了再說的狠勁，不愧是傭兵。

我立刻一個往後滑倒下，把十幾支冰刀都擋在身前，子彈或閃過或擊中冰刀歪了彈道，這時我順勢朝著對方的膝蓋一踹，趁著他摔倒的瞬間，我站起身來，握住空中的一把冰刀，從他的下巴往上戳進去。

這時，對方手裡的一個東西落了地，他竟然在死前那瞬間還來得及做這個動作，看來他的異能或許是速度——他媽的，居然是手榴彈！

看著那顆要命的東西掉在地上還沒了插銷，我低吼一聲，雙手伸出去，空氣中響起劈里啪啦的聲響，從雙掌之間直接凍出一條冰河直衝地面，將手榴彈凍在其中。

冷汗涔涔……沒爆，很好。

不管它了，我衝到走廊盡頭跳上階梯欄杆，低頭看見郝思文正要開門出去，於是直接就跳下去，一個短跑衝刺後跳了起來，雙腿凌空直接朝郝思文的脖子踢出去，我就要它斷！

郝思文正好開了門，整個人被我踢出門外，雖然已經聽見骨裂聲，這樣應該夠了，但是打異物打久了會有個慣性——往死裡打還不夠，一定得搞個稀爛，活像恐怖片才行！

落了地，我踩著他的頭，右手五指併攏，以手掌為基底凍出一把刀刃，直接戳斷他的脖子，把整顆腦袋拔了下來。

正想繼續照慣例戳個稀巴爛的時候，終於想起來這可不是異物，是個人來著，斷頭就已經死定了，他的嘴也不會像異物那般斷了頭還會張嘴咬人。

不用搞得像恐怖片了。

鬆了一口氣，抬起頭來，面前站著五、六個人，全都拿著槍，隨時可以開槍的態勢，但我並不擔心。

「大哥。」手上抓著郝思文的頭，我左右張望了一下，卻只看見大哥和傭兵團成員，開口問：「你找到君君了嗎？」

「在後面，我不讓她進來。」大哥看著我，沒什麼異樣神色，看來書君真的沒受到什麼傷害。

我鬆了口氣，幸好，書君也毫髮無傷的撿回來了，這次的事情沒造成什麼嚴重後果。

一把甩開郝思文的腦袋，我突然想起來重要的事情。「哎呀，我得快點去幫叔叔和嬸嬸鬆綁。」

轉身離開。

後方不知怎麼傳來吞口水的聲音。

大夥回到屋內，滿屋子的屍體，大哥本想跟傭兵們清理乾淨，再讓書君進來，但我跟他說：「大哥，君君遲早都要面對這個末世，除非你和我強大到讓她完全無後顧之憂，但我們沒有那麼強大，所以讓她從屍體開始面對，總比直接開始殺活人好。」

雖然很想護著書君，讓她不要經歷這些殘酷的事情，但前世的經驗讓我知道，活在別人羽翼之下絕對不是好過的事情，就算我和大哥是真心愛護她，但她沒有力量可以保護自己和保護所愛的人，只能一直受到保護，這絕對更殘酷！

大哥思索了一下，點頭說：「你說的有理，雖然……」他突然伸手揉了揉我的頭，嘆道：「大哥真希望自己可以護你們一世。」

「大哥是護著我們沒有錯呀，可是弟弟妹妹長大了，有時候也想保護哥哥，給個機會嘛，大哥。」

大哥的嘴角上揚了。「不氣我了？」

我一怔，低聲說：「本來就不氣，只是難過和害怕。」

與其說氣，不如說又敬又畏又愛又恐懼，我對大哥的感覺簡直像一鍋大雜燴，根本說不出個所以然。

「害怕？怕我嗎？」大哥愣了一下，著急的說：「書宇，我真的絕對不會傷你！」

「不是！是怕你覺得我不是……」我停下不語，但大哥的神色已是了然。

其實，我越來越相信自己就算不全是疆書宇，至少也有一部分是，否則怎麼會這麼愛著疆書宇的家人，但越是愛著大哥、小妹、叔叔和嬸嬸，我就越害怕失去他們，深深地恐懼他們會覺得我不是他們深愛的書宇。

「對不起，大哥說不管怎樣都信你卻不守信用，真對不起，以後絕對不會了。」

大哥道歉又道歉，差點讓我眼眶又紅了，自己能殺人如麻，眼眶都不紅一下，竟然因為「對不起」三個字紅了，你真沒出息啊疆書宇！

把那該死的紅壓下去，附近還有傭兵團成員，更有個亂七八糟的家要處理。

在剛才的戰鬥中，我並沒有把所有人都殺了，兩個女人也曾經從其他房間開門出來，但嚇得立刻把門關上，我顧著追殺郝思文，看她們的反應就知道這兩人沒前途，所以根本沒有理會她們。

結果，她們還真沒前途，竟然沒趁著我追殺郝思文的時候逃走，居然就這樣躲在房間發抖，真不知說她們什麼才是，也讓我們不知該怎麼處理這兩個女人。

鄭行皺眉說：「只是女人，也不像雲茜她們是傭兵，多半是傭兵團的家人或者半路撿來的人，殺了不太好吧？」

我不滿了，什麼叫只是女人？女人也是很恐怖的好不好，而且比男人更記仇！看看我，什麼事都記到凱恩頭上去了，心眼小得連線都穿不過去。

我比著掛在身上的破布，還有脖子和胸口滿滿的吻痕，告狀：「她們弄的。」

「她們有真欺負你了嗎？」大哥突然問了這句。

什麼真欺負……我紅了臉，連忙說：「沒有！就是吃吃我豆腐而已。」

正想說好歹要打她們一頓，不然我就白白被佔了便宜，這怎麼可以……結果就看見大哥拔出匕首抹了她們的脖子，冷靜得好像剛才只是磨個刀似的。

我眨了眨眼，把打一頓的「打」字吞回肚子裡不用說了。

「嗯，那直接殺了就好。」

呃，不然你還想幹嘛呢？大哥。

「二哥！」

書君衝進屋子，立刻朝我撲過來，看著我渾身亂七八糟的模樣，她眼都紅了，但看起來不像要哭，倒像是氣紅了想殺人，這一定是我又累又餓的錯覺，可愛迷人善良溫柔的君君絕對不可能想殺人！

她帶著懊悔的語氣說：「二哥，你受委屈了，真對不起，我們發現他們的時候，屋子都被包圍了，我只好找個方向胡亂電倒一個人，衝出去找大哥回來打他們，沒想到他們居然會對你……」

她的眼更紅了。

嗯？是書君去通知大哥的？

我臉一沉，轉頭問：「今天留守的人是誰？」

「是我。」叔叔帶著慚愧的神色承認。

呃？叔叔？我一愣，不解地看著他，怎麼會是叔叔在警戒？

大哥開口解釋：「我們發現一間警局，想進去搜尋彈藥，但是裡面的異物太多，我們人手不夠，所以今天讓叔叔先擔任警戒工作，他和嬸嬸長年在各國考古，兩個人都會用槍。」

結果好死不死就今天遇上打劫的，還是專業傭兵團，叔叔嬸嬸根本招架不住，而且我正好病倒在床上，還因為前一晚和哥哥和好，睡得太安心，直到被人五花大綁才醒過來，這運氣到底……現在還有廟可以安太歲嗎？流年不利啊！

我扶著額很是頭痛，看來疆家什麼都好，就是運氣不好！看看疆家父母雙亡，再看看疆書宇好端端都會被磁磚砸成重傷，這下可真糟了，末世若論實力第一重要，那運氣鐵定穩排第二。

「想不到你真強得有夠可怕！」

我轉頭看去，曾雲茜怪叫道：「跟你的外表完全不搭耶！看見一個小帥哥手上提著一顆頭，我還以為自己在作夢呢！」

凱恩滿眼笑意地說：「多了書宇這個幫手，看來要拿下那間警局根本不是問題，不愧是老大的弟弟，真是虎父無犬子。」

小殺沒好氣的說：「你個白癡外國人，不要亂用成語，他們又不是父子。」

「這只是比喻啦！比喻！」凱恩反駁道。

看著傭兵團的人互相笑鬧，對我似乎也沒有厭惡的情緒，讓我不禁一愣，不知該做什麼反應。

「他們都是和我一起出生入死過的好兄弟，你慢慢會認識他們的。」大哥揉了揉我的頭，嘴角一勾，看著故作不滿的曾雲茜和百合，笑著說：「連女的也是好兄弟，行了沒有？」

我沉默不語。經歷十年末世，自己的心眼小得連線都穿不過去，要輕易信人太難。

「哥，別聊天了，我們快點整理吧。」書君看著滿室血腥，雖然沒有驚慌失措，但神色仍舊不大好看。

大哥和我都應了。

等到清理完整個家的混亂，我已經餓得前胸貼後背，幸好這時候書君喊「可以吃飯了」，君君的聲音永遠都像天籟一樣好聽，尤其是喊開飯的時候。

吃著飯，雖然肚子很餓，但是我又累得眼睛都快張不開，腰傷又痛了，體內的異能能量幾乎清空，這種能量空蕩蕩的感覺真的很難過……

「書宇。」

我猛然驚醒，看見全部的人都正盯著自己，連忙問：「怎麼了？誰叫我？」

剛剛恍神恍得連是誰的聲音都沒聽出來。

書君悶笑的說：「二哥，你剛剛差點把鼻子埋進飯碗裡了。」

打瞌睡了，我尷尬地低頭看著碗，還好有人叫醒我，碗裡是熱湯。

大哥皺眉問：「書宇，你沒事吧？」

「就是想睡覺而已。」我老實的交代：「病才剛好，今天又用了太多異能，有點累。」

今天戰鬥的時間雖然短，卻是一口氣爆發出來，並不比平常慢慢狩獵異物來得輕鬆。

「那快吃，吃完就去睡。」大哥想了一想，又說：「你回房先洗個澡，等等我去幫你療傷完，你再睡。」

我點了點頭，其實吃得也差不多了，幾口把碗裡的湯喝了，便說要回房了。

奇怪的是，眾人竟用一種可惜的表情目送我離開，這是為什麼？我有點惶然不安，之前自己在飯桌上差不多是和空氣一樣的存在，因為覺得自己格格不入，總是快速吃完就離開。

回房後，我隨意擦了下澡，順便等大哥來療傷，其實身上沒沾到太多血，冰異能的特點是會讓敵人的傷口結凍，所以出血量不會太大，不過這其實是個缺點，根本幫助敵人止血啊！

再把腰間的綳帶拆開一看，傷口已經結痂了，但大概是今天劇烈運動的關係，

痂有部分被掀開來，所以又流了點血。

這時，大哥進來了，他一看見我的傷，眉頭立刻揪緊，但他沒說什麼，走上前來給我療傷，暖暖地很舒服，我捏了自己一把才沒在療傷過程中睡著。

大哥幫我療傷完，又包好繃帶，突然說：「書宇，你換來跟我一起睡吧，這房間不太好。」

全是彈孔還死過一堆人當然不好，但卻是被我自己用機關槍打出來的成果，實在沒得抱怨，不過就是睡彈孔房也比跟大哥睡來得好！

每天晚上跟大哥睡覺什麼的誘惑實在太大了，我怕自己光流鼻血就流到貧血啊！

我用力搖了搖頭。

「為什麼？你還是不信大哥嗎？」

看見大哥的神色消沉下去，我只好掏心掏肺的交代：「大哥，你知道我前世是個女人的。」

大哥一愣，問：「影響很大嗎？」

「不小。」我只能這麼說，何止不小，根本整個人都是關薇君啊！

大哥想了一想，又問：「你不願跟我睡是因為我是男人？你喜歡男人？」

這問題太犀利了！弟弟跟哥哥坦白自己喜歡男人，這種尷尬到了極點的事情，上輩子想都沒想過。我苦著臉回答：「不確定啊。」

我還真的不知道自己比較喜歡哪個性別的人類，雖然時不時被大哥勾引，但是妹妹一撲過來，那柔軟又香噴噴的身軀也能讓自己心神一晃，一整個就是人渣啊！

疆書宇你這個渣渣，能不能不要這麼戀妹啊！

但估計疆書宇也很想怒罵關薇君能不能不要這麼垂涎他哥。

糾結啊！

「沒關係，不要太擔心。」大哥揉了揉我的腦袋，說：「這種事沒什麼，雲茜也喜歡女人。」

……這種事情不要若無其事的說出來啊！大哥，你震驚到弟弟啦！

「你自己想清楚就好了。」

我清楚自己想淫大哥娶小妹，好個屁！

「你若不想跟我睡一間，不然就去書君的房間睡，這間房有血腥味，你不要睡在這了，至少等血味散去再回來睡。」

「真的不用了，我不在乎這點味道。」我遲疑了一下，輕聲提醒：「哥，前世我在末世活了十年，絕對不是善良的十八歲青年。」

大哥看著我，突然一笑，竟帶著打趣的口氣說：「不善良到半夜偷溜出去打進化結晶給家人吃，還讓我倒掉了？」

我尷尬的說：「家人不一樣嘛。」

他笑著揉了揉我的頭，為什麼老愛揉我的頭啊，都十八了還一直揉，我現在頭髮都披肩了，髮量多髮質又硬，揉一揉立刻就變成爆炸的鳥窩。

「不在意就睡吧，你休息幾天，等傷好了，跟我們一起出去，別一個人去打異物，大哥不放心。」

聞言，我皺了一下眉頭，還是打算跟大哥攤一攤牌，把傭兵團的事情講開。

「大哥，我不想跟傭兵團一起去。」我平靜的說：「我不喜歡他們。」

「為什麼？」大哥似乎並不意外，我想也是，自己表現得還挺明顯的。

「他們又不喜歡我。」

這話說得有點告狀的口吻，我有點臉紅，人都三十五歲了，還跟大哥告狀，重點是大哥只有二十七歲啊！跟年紀比較小的人告狀，這真有夠可恥，幸好疆書宇的外表只有十八歲，不然還不噁心死人？

大哥有些莫名的說：「不喜歡你？誰告訴你的？」

這還用誰來告訴我嗎！我理所當然地說：「我一開始隱瞞進化結晶的事情，他們都生氣討厭我了吧。」

「你把戰利品都獨佔了，他們當然會生氣，但你只是個十八歲的孩子，他們能夠氣你多久？後來大家也打到不少進化結晶，不會跟你計較那些。」

我怒說：「不計較的話，他們會不肯把結晶分給你？還說要扣完我的分給你，這叫做不計較嗎？」

若不是書君告訴我，將來大哥的強化速度比其他人都慢，實力會落後的，那還怎麼服眾？說不定會有人反叛想取代大哥的位置，我絕對不容許那種事情發生！

「那是我提出要還的。」大哥皺著眉說：「書宇，他們是我的兄弟，經營疆域以來，我不曾讓自己的兄弟吃過虧，那是他們拚命戰鬥得來的戰利品，本來就該分給他們。」

我激動的說：「要是他們將來變得比你強怎麼辦？」

「他們現在就比我強了。」

大哥卻這麼回答，我整個愣住了，大哥的雙手搭上我的肩，語重心長的說：「書宇，傭兵團講究的是團隊合作，不是個人強悍。曾雲茜的槍法比我準，小殺的潛伏能力比我好，鄭行的醫術強……」

「我說的是戰鬥能力啦！」我一陣搶白，再說下去，搞不好連百合的胸部比他

大都出來了。

大哥好氣又好笑的說：「槍法不算戰鬥能力？」

這個……將來就不算了。

「凱恩不見得打不贏我。」大哥坦承道：「赤手空拳可能是我強些，但是只要讓他拿根雙節棍，輸的人或許會是我。」

那個凱恩有那麼強？我開始有點警戒了。

「書宇，我的傭兵團成員沒有弱者，我聚集一群凡事都比自己差的人能做什麼？」

大哥豪氣萬分的說：「我的疆域傭兵團只要最強的人！」

只要最強的……

我呆呆地看著毫不擔憂有人會比他強的大哥，只想到為什麼前世的自己不是遇到這樣的人？

難道這就是所謂的領袖風範嗎？

以前，「他」也是團隊領袖，打到的結晶一半以上都是他吃了，尤其是我們這些女人打到的，根本直接算成他的分，有時候我覺得自己根本是老媽子在養孩子，而不是他的女朋友。

什麼「你是我的好兄弟」這種好聽話他也會說，尤其在招攬有用的新人，那表現的是一個義薄雲天啊，好似他真的會為對方付出性命，但我很清楚，他根本不容許團隊出現比他這個領袖更強的人。

用著團隊的名義拿走眾人一半的結晶，又有我們這些白癡女人在供養他，誰也不會比他強。

我明明恨著他，所作所為卻學著他，心眼比針尖還小，不容許有人比我強。

大哥的聲音不斷從耳邊傳來：「書宇，跟我回來的人，都是一些我說世界要末日了，他們也就這麼信了的人。」

信任……我沉默著，曾經自己也信任過人，但代價卻是痛了十年後付出性命，這教訓深刻得讓人無法忘懷。

「你不要總是悶在房間裡，吃完飯就扭頭走了，一句話也不肯說，稍微試著和他們相處看看，好嗎？」

看著大哥期盼又擔憂的神色，再想起記憶中的那個他。

這兩人真不一樣。

那麼，自己是不是也該不一樣？

我點了點頭。

第九章 加入傭兵團

吃完午飯，我走到客廳坐下不動，眾人都好奇地看著我，曾雲茜忍不住說：

「今天真反常了，你不回房間搞憂鬱啦？」

我現在才真的憂鬱！

凱恩摸著下巴說：「叛逆期已經過了嗎？」

你才三十五歲有叛逆期！

「好了，不要欺負一個孩子。」鄭行不滿的說：「你們多大了？」

大哥打量著我，關心的問：「不累了嗎？」

我點了點頭，已經休息三天，早就不累了，要不是大哥壓著不讓出去，我昨天就會去打獵了，末世的時間很寶貴，一點都不能浪費！

「那麼下午一起去那所警局——」

我立刻打斷大哥的話，一口氣說：「進化結晶要分君君、叔叔和嬸嬸，不然我寧願自己去打異物！」

說完，就等著看眾人的反應，這是我的最低底線，如果他們不肯分，那就各打各的，要我跟著大家一起去打獵這事免談！

誰會贊同誰會反對呢？我賭凱恩反對一票，反正自己的心眼就比針尖小，沒那麼快就撐大。

「你要用什麼來交換他們三個人的分量？」

沒想到，開口說話的人竟是大哥！我不敢置信地看著他，這是什麼意思啊？

大哥坐在單人座沙發上，微抬高下巴露出微笑，蹺著一雙長腿，兩手手指還交錯搭在膝蓋上，若現在有台相機拍下來的話，不用修圖就可以當雜誌封面了。

但我有種面對的人不是大哥，而是一隻狡詐的狐狸的感覺！就算這狐狸很英俊，還是蓋不掉那種自己會被賣了還幫忙數鈔票的危機感。

疆書天微微一笑，說：「要合作得先談好雙方都滿意的價碼，這是傭兵的規矩，就是弟弟也不能例外。」

鄭行搖著頭說：「老大，別逗你弟弟了，他才十八歲，你要他照著傭兵的規矩來談，也太為難人了。」

我都三十五歲了還是覺得為難啊！

眾人笑咪咪地旁觀，一副在看我好戲的模樣，可惡啊！大哥你到底是誰的大哥啊？

「其他人怎麼說？」

我不想跟大哥談，這根本不用談，自己就丟槍棄甲全面投降，美男計什麼的真是太卑鄙了……不對，這是在想什麼呢，大哥沒用美男計啊，我怎麼自己就歪了。

小殺簡單明瞭地說：「老大才負責談價碼。」

其他人點了點頭贊同，繼續好整以暇地看我笑話。

一股氣上心頭，我眨了眨眼，偷偷在眼睛化出一層非常薄的冰，眼睛馬上感覺到刺痛，雖然看不見自己的臉，但可以想像眼睛應該會有點紅，這層薄冰一下子就融化了，水量又不多，正好可以含在眼裡不掉下來。

做出倔強硬撐不肯把淚滴下來的表情後，我就用這控訴的眼神盯著大哥瞧，不信他不心軟！

「唉唷，都要哭了。」百合心疼的說：「老大你別玩了。」

鄭行看了看大哥，嘆了口氣。

「我欠他一次。」小殺悶悶地說：「可以分他一點結晶。」

曾雲茜雙眼亮晶晶的看著我，抱怨：「老大你真幸運，我媽怎麼就沒生一對這麼可愛的弟妹給我。」

美男計什麼的，疆書宇是男女老少就連愛女人的都一起通殺，不用吃進化結晶就無敵了啊！

但最重要的那一個人——大哥卻似笑非笑的看著我……不對啊大哥，你不是應該第一個心疼的嗎？不要做出這種了然於胸的表情——別跟我說以前的疆書宇就常常這麼裝可憐。

回頭真要問問書君，到底以前的疆書宇是個什麼樣的人……順便問一下大哥是什麼樣的人，我突然覺得不認識他了。

「大哥又在逗二哥了。」書君來到客廳，一看我眼裡含淚，立刻幫忙說話：「小心他又不理你，這次我可不幫你說話喔，大哥。」

嗚嗚嗚，書君妳真好，我不要淫大哥了，還是娶妹妹好。

「這次可不是我。」大哥好笑的說：「是妳二哥自己在裝可憐，這一次還裝得挺有模有樣的，妳看看他，表情真不錯。」

「一定是大哥你起的頭，哪次是二哥起的頭了？」書君嘟起嘴來，不滿的說：「你就愛逗二哥，小時候他一天都不知道要被你逗哭幾次。」

大家幹嘛笑著看我？被逗哭的人真不是我啊……但含著眼淚說這話還真沒有說服力。我眨我眨快把眼淚吸收回去，不然就坐實書君講的話了。

凱恩佩服的說：「這麼可愛的弟弟都能從小欺負，真不愧是老大。」

你不准說話！信不信我再記你一分仇！

「大哥！」書君沉下臉，警告的壓低聲音說：「你再欺負二哥，你的飯菜會特別難吃喔！」

大哥無奈的說：「我很久沒逗他了，就逗這麼一下也不行？」

「不行！」書君嘟著嘴說：「最近二哥太委屈了，不給逗！再逗就只有花生拌飯給大哥你吃了。」

大哥扶著額，無奈地看著妹妹。

原來妹妹還是大哥的軟肋，比弟弟還有用！我頓悟了，以後果斷娶妹妹！

大哥收起狐狸模樣，在妹妹的監視之下，正正經經開始跟我解釋。

「因為我們的人太少，叔叔和嬸嬸必須學著留守基地，所以他們兩個可以算一份結晶。我是團長，可以拿兩份。前幾天，其他人都看過你的實力，同意你加入團隊後拿兩份。」

我雙眼一亮，大哥的兩份可以補給叔叔嬸嬸，我的兩份可以補給書君，沒有缺了。

……等等，這麼說剛剛大哥真是在逗我不成？我震驚了。

「將來，我們還要去更遠的地方搜尋物資，試試打探其他倖存者的狀況，時間一旦久了，應該會有聚集地出現，我們得衡量要過去還是固守基地，這全都需要人手。書宇，這不是一個人就可以獨活的世界。」

我點了點頭。就算再怎麼強悍，周圍只有異物，活著做什麼？

「知道了。」我點點頭說：「我還可以看看大家的異能進步得怎麼樣了，或許可以給點建議。」

這話一出，眾人的眼神都發亮了，根本坐不住，紛紛七嘴八舌的問起來。

「前幾天就想問了，小宇你的異能好強啊！竟然可以那樣使用，到底要怎麼練？」

「吃那麼多結晶，身體是強了，但異能真的不知道該怎麼下手練。」

「乾脆用結晶當學費，你當我家教吧！」

我想了一想，說：「我教不了那麼多人，你們分成兩批，我和君君各教一邊。」

之前就已經告訴書君該怎麼練習異能，她也教過叔叔和嬸嬸，現在讓她教人是沒有問題的，而且這樣一來，傭兵們欠了她一分情，將來怎麼也要還！

「我加入君君那邊！」凱恩立刻大喊。

泥給我奏開！我怒吼：「只有雲茜和百合可以加入君君那邊！」

「雲茜比我還危險，她喜歡女人的！」凱恩理直氣壯的說。

靠，我真忘了，連忙改口：「只有百合和小殺可以加入君君那邊！」

凱恩訝異的說：「喔！原來你知道小殺喜歡男人啊？」

幹，你們到底什麼團體啦！

「誰喜歡男人！」小殺惱怒的吼。

「你呀！」凱恩理所當然地說：「你不是交過一個男的嘛，其他人不知道，我可是看過的！」

「就一次！」小殺恨恨地說：「因為他長得很可愛，跟女的沒多大差別，而且我們不到一個月就分啦！」

「分了也是交過的！」凱恩扭頭對疆書天說：「老大你要小心點，把弟弟看好了，書宇長成這樣，說不定早就被小殺看上了。」

長成這樣說得好像長歪了似的，明明就俊美非凡、英氣過人、人見人愛——這麼誇獎自己，我突然覺得有點臉紅。

小殺猛地站起來，氣到臉紅脖子粗，怒吼：「凱恩，你給我出來，外面解決！」

凱恩聳了聳肩，無所謂的說：「你確定要跟我正面對決？」

小殺的臉更扭曲了，不久前好像才聽說他是潛伏能力了得，而凱恩拿把武器可以堪比大哥——我是絕對不會相信凱恩能打敗大哥，這是不可能發生的事情！大哥一定是謙虛過頭了，絕對！

「你晚上睡覺就小心點別被一槍崩了！」雖然小殺重新坐下來，眼裡的凶光卻更盛了。

凱恩做出害怕的姿態，扭捏的說：「唉唷，晚上夜黑風高的，你想對我做什麼？剛剛還說你只喜歡可愛的。」

小殺將一把筷子射了出去，凱恩哈哈大笑地輕易閃過了。

「你們兩個都不准鬧了！」鄭行有些生氣的說：「還有孩子在這裡，胡說八道些什麼東西！老大你也說說他們，別讓他們帶壞書宇和書君。」

大哥看了書君一眼，說：「書君，跟嬸嬸收拾餐桌，別在這裡聽。」

書君可愛無比的嘟了嘟嘴表達抗議，但還是乖巧地幫忙嬸嬸收拾碗筷去廚房。

這時，大哥看了我一眼，輕鬆的笑著說：「書宇滿十八了，沒什麼不能聽的，他若是喜歡，要跟小殺交往也沒什麼關係。」

大家把嘴裡的飯菜可樂紅茶啤酒通通噴了出來。

……早知道昨天就別跟大哥承認我性向不明了。

大哥的雙手撐在桌上，非常不悅的說：「你們是嫌我妹和嬸嬸的工作還不夠多嗎？所有人把自己噴的東西收拾乾淨！」

還好我沒噴東西出來，看著眾人苦逼地擦桌洗椅，自己興高采烈回房間去準備等等出發去警局的物品，心情真是愉悅。

說是準備，但也不過就是拿上兩把冰武器和大背包而已，其他人或許還得帶罐水，但我有冰異能，化冰來喝就可以了。

再次回到客廳時，只有我一個人先到了。

把冰棍放在桌上端詳，現在的棍身直徑已經快要有五公分，再粗就拿不住了，已經不需要再加厚，所以我認真思考要不要拆一把匕首的刀鋒當基底，給它加上一個槍頭呢？這樣不只可以劈，也可以刺了。

好，回來就試試看。

抬起頭來，眾人都到了，正盯著桌上的冰棍不放，飢渴得彷彿看見一個裸女躺在桌子上。

「書宇。」大哥開口說：「做這種武器很難嗎？你可有辦法多做幾個？」

聞言，我馬上就懂大哥的意思了，環顧一下眾人，我開口說：「雲茜姐，妳摸摸看，用一根指頭摸就好。」

曾雲茜喜出望外，立刻伸出食指一觸，卻瞬間驚呼一聲，立刻縮回手指。

「小宇就這麼討厭我嗎？」曾雲茜伸出手指給大家看，手指有點紅，剛剛那一觸竟受了傷，她哀怨的說：「不過就是罵了你幾句，不用這麼記我仇吧？」

「才不是記仇！」我漲紅了臉，反駁說：「因為妳是水系異能，承受冰異能的能力比其他人好，所以才讓妳摸。」

真的沒有公報私仇，不然我就會叫凱恩摸了！

話說完，曾雲茜還是一臉哀怨地看著我，看起來不怎麼信，這時，大哥突然伸出手一把握住冰棍。

「大哥快放手！」我大驚，連忙將冰棍從他手裡搶過來。

大哥張開手，掌心朝上攤開，已是一片藍紫，明顯凍傷了，比剛才曾雲茜傷得嚴重多了。

我懊惱了，明白大哥是為了證實我說的話，但也不用整個握住不放啊！

「大哥你這樣等等怎麼去警局？」

大哥笑了一笑，手掌發出柔柔的光芒，藍紫漸漸消退，最後一點痕跡都沒有留下。

我讚嘆的說：「大哥你的治癒能力變得更強了。」

「我治療自己的能力比治療別人好。」大哥解釋完，又補充說：「自行復原的能力也很強，這種傷就算不去管它，到晚上就好得差不多了。」

真不愧是大哥！哪天發展出不死之身都是遲早的事情吧？

想當初也有療傷能力的小琪可沒這麼威，也因此，她的療傷能力和我的視力一樣雞肋，只是我至少掛著女朋友的頭銜，但小琪充其量就是第一個外遇的對象，所以她的處境比我還糟糕。

後來我也不恨她了，甚至常常往來互相幫個忙，一些小傷都是讓她治好的，到後期，她依賴我的程度比依賴他還高，他說不定都忘了有這麼一個前期收的女人，畢竟小琪的容貌頂多算中等，雖然比我年輕幾歲，但也比不得那些十幾二十歲的妙齡少女。

百合開口詢問：「所以我們沒辦法用你做的冰武器，是嗎？」

「也不是不能拿。」我老實的交代：「只要你們用能量保護好自己的手，是可以拿的，但是現在你們的異能不如我，光是把能量用來抵擋武器上的冰寒，就根本得不償失了，而等到你們的異能和我差不多強，那你們就可以發展自己專屬的武器，也不需要我的冰武器。」

眾人都是恍然大悟的樣子，這時，大哥冷不防又伸手抓走我手上的冰棍，但這一次，他沒凍傷了，一層柔光護著他的手，阻擋冰棍的寒氣。

「小宇，做一把給我吧。」大哥淡淡地說：「我覺得阻擋寒氣消耗的異能不多。」

我真心給您膜拜了，大哥你要不要把治療能力用得這麼神威啊？

「好。」我乖乖答應了，但連忙說：「不過要花點時間，那不是普通的冰，是淬鍊過的，淬鍊一次連零點一公分都沒有。」

大哥點頭說：「不急。」

雖然說不急，不過我腦中已經開始在想大哥適合什麼武器，匕首肯定是不行的，想想大哥這樣威風八面怒吼一聲就萬佛朝宗的人物，一拔出武器來卻是把短短的匕首——直接傻眼啊！想想就覺得何苦為難來朝宗的未來屬下呢。

像是冰皇那樣的長刀應該不錯，但是我卻沒有適合的基底，要是得憑空做出一把厚實長刀來，等我真的做好了，大哥說不定都進化到一拳可以轟沉一個洲，武器什麼的根本是裝飾品。

「呵。」

誰在笑？我疑惑地抬起頭，卻看見那個萬佛朝宗的人物正滿眼笑意地看著我，這又是怎麼了？剛剛自己沒做啥吧？

「大哥？」

「你又在發呆了。」大哥搖了搖頭，無奈又好笑的說：「我剛說了出發，大家都開門出去，你卻還站在原地，一會用力搖頭，一下又苦著臉，真不知道你在想些什麼。」

我朝門口一看，大家都笑到倚著門框站不直了。

「以後一定改！」我悶悶地說，免得沒事就給人看笑話。

「別改啊！」曾雲茜怪叫：「我們天天打異物，日子過得超無聊，你這麼天然的樂子不好找耶！」

妳再說話，以後就讓妳替代凱恩，專職被我記仇！

出了糗，我只好緊繃著臉不讓人再看笑話，然後跟大家走到屋子後方上車。

原本以為要分幾台車，結果是大夥一起坐一台小巴士，也不知道他們從哪裡找來這台車，倒是滿方便的，這台車大概可以坐二十個人，車體又不像遊覽車那麼龐大不好行動。

第一次和大家一起行動，我還真有點緊張，尤其之前的關係又那麼緊繃，有點擔心自己還是格格不入。

就像現在，車上其他人都在隨口交談，多是在說過去傭兵團的趣事，但我一件也不知道，完全插不上話。

「書宇。」百合突然喚了我一聲。

「啊？」我立刻抬頭回應，免得又被當作發呆。

她對我擠擠眼眉，曖昧的說：「你交過女朋友了吧？說你的戀愛史來聽聽。」

戀愛史？上輩子悲劇般的戀愛史倒是很值得一提，但是卻不能說，至於疆書宇的戀愛史……

「我不記得了。」我很苦惱，希望之後不會突然跑什麼前女友出來。

「沒有，他沒交過。」大哥幫我解了圍。

「家裡很多事情要他分擔，尤其我創立傭兵團以後，叔叔嬸嬸也不常在家，雖然還有林伯和定期來打掃的傭人，但書君小時候只愛膩著她二哥，只要下了課就不能看不見書宇，直到最近書君長大一點，書宇才有點自由時間，但那時候他在準備大學聯考，也沒有那種心思。」

考完就被磁磚砸了，躺了一個多月後世界末日。

眾人看向我，眼中帶著「你安息吧」的意思——去你的我還活著好嗎！

就憑疆書宇這張臉，世界末日都找得到戀愛對象，若我真想找女朋友，那戀愛史像一串鞭炮放不完也沒什麼好難的呀！

大哥拍著我的背，安慰：「別擔心，等時機到了，我們也得出去探索，總會有機會。」

不要說得出去探索好像是為了幫我找對象啊，大哥！

「都世界末日了還談什麼戀愛！」

更何況上輩子的戀愛史那麼慘烈，我是真的怕了，對戀愛這種事情沒有興趣！

凱恩笑嘻嘻地說：「就是世界末日，除了談談戀愛，也沒其他娛樂了嘛！」

這麼說好像也對，所以末世才會充滿各種變態，不管女人、美男甚至十二、三歲的小孩想不想跟他談戀愛，就是硬要跟人家來場肉體上的戀愛。

我臭著臉說：「你最好是真的談戀愛，就不要硬來！」

「笑話。」凱恩哼了一聲，自傲的說：「你看看，我們有誰會需要硬來？」

聞言，我反射性巡視一圈，這傭兵團的外表水準還算挺不錯的。

凱恩不用說了，整個就是金髮碧眼的標準外國俊男，一口白牙都能拍牙膏廣告了。

百合應該也是外國人或者混血兒，雖然她說話的發音和本地人沒有差別，但那一身古銅色肌膚和深刻的五官實在不像這裡的人，就連身材也不像，她的身材凹凸有致，胸大腰細屁股豐滿又挺翹，整個S形曲線可真不是蓋的！

曾雲茜的臉比百合更美些，尤其眼眉十分細緻，就算身為傭兵，膚色實在白不起來，但健康的膚色也蓋不掉秀美的五官，尤其是那雙黑白分明的大眼，睫毛又長又翹，特別好看，可惜就是身材乏善可陳，該凸的地方很不給面子的只有點小起伏，二頭肌都快比胸部大了。

小殺的外表年紀看來最輕，我猜他不超過二十五，神情又總是冷冷淡淡的，有一雙單眼皮細長型的眼和薄薄的唇，說不上帥哥或美男，但至少是個酷哥。

所有人中，鄭行的年紀最大，可能有四十幾歲了，臉上的鬍碴也不像凱恩那樣刮得乾乾淨淨，但就算如此，外表也不難看，就是個成熟的男人。

大哥就不用提了，看得太仔細描述太多，我怕自己在這裡流鼻血，真變成一輩子洗刷不掉的恥辱！

看完眾人的長相，思考一下，我就理解了，大概因為眾人都是傭兵，經過鍛鍊的身型都很不錯，身材好就八十分，所以看起來都壞不到哪裡去。

雲茜對凱恩吐槽：「你好意思在老大和書宇面前自傲長相？等等記得找面鏡子照照，等你姓疆了再來自豪也不遲！」

凱恩立刻抗議的說：「我跟老大只是不同類型而已！我可沒比他難看，至於書宇……」

他轉頭看向我，話說到一半就斷了，大家也跟他一樣看著我的臉不說話。

這反應完全能理解，我也常常看著鏡子擺出各種姿勢和表情不說話。

「……他還是個小孩子呢！」凱恩咬著牙說。

「雖然凱恩你是自我安慰，不過書宇的年紀是真的小了點。」雲茜嘖嘖的說：「還要再等等。」

等什麼？妳不是喜歡女人嗎？雖然我的靈魂是個女人，但外表可不是。

「老大，你最好把書宇和書君看好了。」連負責開車的鄭行，一路都沒開過口，這時也帶著憂慮的語氣說：「現在是末世，沒有法律規範，恐怕他和書君的外表會惹來麻煩。」

大哥只是笑了笑，不甚在意的說：「小宇很爭氣，他有足夠的能力保護自己，至於書君……」他冷笑了一聲，豪氣十足地說：「有我和小宇在，誰都別想動書君一根寒毛！」

沒錯！誰要敢碰君君一下，凌遲還不讓他死！

眾人紛紛打了個冷顫。「不愧是兄弟，這表情還真是恐怖得一模一樣。」

哪裡一樣了。我和大哥的外表不太相似，倒是和書君像多了。之前看過全家人的合照，我和書君都長得像母親，只有鼻子像父親，大哥則根本和父親是同一個模子印出來的。

「快到了。」鄭行用平靜的語氣打斷眾人的笑鬧，說：「準備行動。」

聞言，眾人收起打鬧的心情，紛紛開始動作起來，檢查攜帶物、測試槍械等

等，動作十分迅捷，看起來非常專業。

我也拿起兩節冰棍，開始將它凝結成一把長棍，以往都是到了要出手的時候才會臨時開始這個動作，因為長棍實在不利於隱匿行動，但這一次是集體行動，目的又是要突破異物眾多的警局，我想這行動多半不會隱匿到哪去，還是先將長棍弄出來再說。

看著眾人手上，我突然想起來一件重要的事。

「對了，大家最好慢慢學會不要太依賴槍械，等過兩年，槍就沒有用了，異能才是最重要的！」

眾人被我的話吸引了注意力，但大哥似乎並不意外，點頭說：「槍械和子彈會越來越少。」

「不只是那樣而已，還有異物被槍打得多了，會朝著可以阻擋槍擊的方向進化，到第二年，口徑小的槍就沒用了，等到第三年，槍可能就剩下欺負老弱婦孺的用途，當然大口徑的槍可能還有點用。」

聞言，眾人的臉色都嚴肅了起來。

我更進一步解釋：「如果把能量附在子彈上，槍也不是沒有用，但是末世越久，槍彈越難找，而且好的武器都需要經過不間斷的淬鍊，子彈那種打出去就不見的東西，花太多心思去淬鍊很浪費能量，不花心思淬鍊又打不穿異物的外殼，就算要用也只能當作輔助武器，當作主武器的話，有多少能量也不夠打出去。」

我皺了一下眉頭，說：「不過好像也聽說過，有某種異能的人專門淬鍊狙擊槍彈，一槍就能殺死異物，而且完全不需要火藥，但實際到底怎麼弄的，我就不清楚了。」

不知道這是特殊異能，或者只是常見異能的運用，這些對前世的我來說，是根本碰觸不到的高階境界，哪怕「他」其實也算是高階異能者，但他的防人之心高到破表，誰也別想探查出他的異能深淺。

「書宇做的預知夢真是太神奇了。」百合不敢置信的說：「你的預知夢也太詳細了吧？連這些都知道？」

預知夢？這就是大哥給大家的說法吧。

我思考了一下，若是不稍微說一些事實，實在很難解釋自己為什麼會知道這麼多事情，或許他們會看在大哥的分上不問，但心中難免會有疑慮，這些疑慮積久了，恐怕也不是什麼好事，難保不會有人像我一樣，專門把事情朝壞的方向想。

我乾脆簡略說明：「因為我做了十年那麼長的夢，在夢裡，我不是疆書宇，而是一個很普通的女人，末世剛開始的時候就是到處逃亡，所以末世前幾年的事情，我都說不太準，而且比較深的事情也都不知道，只知道末世十年內，這個世界的大概發展。」

眾人聽了這話，卻顯得很是興奮。

「這就夠了！」小殺難得出現表情，嘴角微微上揚，看起來應該是個笑容吧。

「光是知道進化結晶這件事就夠了，我從沒想過自己可以有這麼快的速度，連力量都是以前的雙倍以上。」

我一聽，反而有點擔憂，以眾人吃的結晶量來說，雙倍反而不算多，人類剛開始吃結晶的效果非常卓越，尤其是力量，就算是普通異能者，在體內有能量的時候，力氣隨便都能漲個幾倍多，看來大家這些日子果然太依賴槍械，對於能量的掌握太少。

雲茜誇張的大笑大叫：「太好啦，我們十年無憂了！」

我一聽就立刻潑一大盆冷水過去，絕對不能讓大家掉以輕心！

「一點都不可能無憂！將來的日子會越來越困難，我們最近真的過得太好，但末世不是說假的！異物變強的速度非常快非常可怕，如果我們不多吃進化結晶多練習異能，還是會被他們追過去！」

眾人一聽，全都盯著我看，但這是怎麼了，大家這是什麼眼神啊？

車門突然一把被拉開，我正舉起冰棍警戒，就看見鄭行從門外探頭進來，不知不覺中，車子竟然已經停下來了。

原來到了嗎？

鄭行微微一笑，說：「我就說書宇是個好孩子，雖然之前做錯點事，鬧了彆扭，但他是個好孩子，遲早都會想通，看看他現在不就開始為團隊著想了？」

我一愣。

「叛逆期的小孩都是這樣啦。」雲茜理所當然地說：「我當年還因為幾件小事痛揍我爸一頓呢！老大，你弟弟沒揍你算不錯了。」

你媽的我還要命呢，出手揍大哥什麼的，絕對是不能幹的蠢事！頂多在心裡偷偷意淫把他綁起來ＳＭ——誰叫他要倒掉我的咖啡。

大哥站起來，揉了揉我的頭，說：「想揍我的話，你可得靠實力，就算之前是我錯了，我也不會放水。」

「大哥你再揉我的頭，我真的會想揍你！」一看見車窗的倒影，我的頭髮又成了爆炸鳥窩，就忍不住撂狠話。

大哥哈哈大笑起來，居然又伸手揉我的頭，沒料到大哥會這麼故意，就這樣鳥窩又爆炸了一次。

……總有一天把大哥綁起來ＳＭ！

第十章 警局行動

眾人紛紛下了車，我也收起思緒跟著行動，說好不再讓人看笑話的！

車子停在離警局有些距離的地方，這應該是為了避免汽車的聲音驚動到警局內的異物。

我看著離警局不遠處的大樓建築群，心裡有些不安，詢問：「這裡離市區很近嗎？」

「算是市區邊緣。」小殺回答。

我遲疑了一下，點點頭沒再說什麼。

市區很危險，因為城市原本的人口太多了，人變成的異物當然也多得讓人無法招架，但荒郊野外也不安全，動物、植物以及這兩者變成的異物更不好惹，所以人和動植物都不多的郊區是最安全的地方。

我本來想在郊區窩個一年半載，只在附近打獵，吃個一年的結晶，讓實力強到可以保障自身安全再說。

但如今看起來這計畫實在太可笑了，低階結晶吃多了，效果會越來越差，既然人和動物都少的郊區最安全，當然也最難發展出強大的異物，根本不可能打到太多高階結晶。

更何況，末世最不可能的奢望就是安全。

以我現在的程度，普通結晶的效果已經算頗低，想來再吃個十來塊可能就差不多快要完全無效了。

接下來，應該就只能進都市去打獵，一階異物、二階甚至三階……

末世十年，世人猜測，冰皇恐已有八階以上，是當世十二名強者之一。

十二名世界頂尖強者，人類只佔了三個位置。

我遙望著遠方的大樓群，說不上來心裡到底是什麼感覺。

前生，都市是我的惡夢，明明只要一個多小時車程就能出城，在異物橫行的末世，竟似一條走不到盡頭的路，不知花了多少時間，死了多少同伴才從那裡僥倖逃出來。

如今，我竟要主動進城狩獵，心中真是五味雜陳，害怕當然有，現在恐怕沒有人比我更清楚異物到底有多可怕，但卻也帶著一絲興奮。

以前異物逼得我像老鼠般逃竄，免得被一口吞了，現在的我卻把異物當老鼠追，要讓他們成為自己進化的食材！

「書宇。」

我回過頭來，望著大哥，他似乎想說什麼，看見我回頭時卻是一滯，沒把話說出口。

「大哥，怎麼了嗎？」我不解地問。

大哥淡淡一笑，說：「本想叫你小心點，但看來是不用了。」

「為什麼？」我更不解了，雖然叫我小心點是沒太大意義，自己有自信絕對不輸給傭兵團任何一人——大哥例外，所以要我小心還不如要其他人小心，但是哥哥關心弟弟不是天經地義的事情嗎？

莫名少了一句關心，我覺得有點不甘願。

曾雲茜勾住我的肩膀，擠眉弄眼的說：「看你剛才的表情，根本是異物要小心了，老大還要你小心幹嘛？」

剛才我又是什麼表情了？這種把情緒都寫在臉上的壞習慣從上輩子帶到這輩子，真是很難改得了。

「你剛才的殺氣很不錯。」小殺帶著讚賞的語氣說：「完全不輸給我們這些傭兵。」

關薇君經歷末世十年，真要來比一比誰沾染的血腥多，恐怕我穩贏不輸。

「別笑鬧了，集中精神。」

大哥一收起笑容，眾人也跟著收起嘻鬧的氣氛，就是不正經的凱恩此刻也宛如紀律嚴明的軍人，讓我忍不住瞥去一眼，卻引來凱恩的媚眼一枚，真是狗改不了吃

屎，得看好這傢伙，未來要是他敢欺負女人，我一定揍到他不舉！

「今天的任務可不比以往，之前小殺估計，光是一樓的異物就可能超過二十隻，如果讓他們一擁而上，我們通通都要死！所以等等行動中，誰要是發出一點動靜，我親手了結他！」

說到這，他冷冷看向我，厲聲道：「就是書宇你也不例外！」

那瞬間，我的寒毛都豎了起來，差點把冰棍橫在胸前戒備，只是努力壓抑住這股衝動，好不容易跟大哥和解，完全不想讓他覺得我對他有所警戒。

「出發！」

大哥這聲令下，傭兵團的成員各就各位排成兩列，各自舉槍警戒左右側，眾人選擇從後門進入，門板斜斜地掛在那裡，完全不需要考慮破門還是開鎖的問題。

我安靜地跟在所有人後方，這個傭兵團的默契很好，每個人都有自己的位置和該做的事情，自己並沒有太多可以插進去的空間，或許還要合作許多次，這個團隊才會有我的位置。

我注意著眾人的一舉一動，凱恩和鄭行站在最前方開路，他們兩個手上的槍火力最強，凱恩拿著機關槍，是之前來襲的傭兵團帶著的那把，鄭行也是一把輕機槍，應該是疆域傭兵團原本就有的武器。

他們的後方是疆書天，他拿著一把沙漠之鷹，這種槍的後座力很強，但相對的，火力算相當不錯，大哥吃了這麼多進化結晶，現在應該用單手開槍就綽綽有餘了。

百合和曾雲茜的手上都是一把自動手槍，不同的是曾雲茜還揹著狙擊槍。

小殺則和我一起走在隊伍最後方，他也只有一把自動手槍，不時注意著身後是否有異動。

除此之外，所有人的腰間或小腿都綁著匕首，小殺的腰上更是綁了一圈的小刀。

我突然有點失落，很想搞把槍來，大家都有槍，自己手上沒槍，還拿把長棍，不只格格不入，簡直像走錯年代的古人。

「有異物。」百合突然輕聲說：「在走廊盡頭。」

她這麼一說，眾人才注意到，那個異物離我們還有點距離，蹲在角落，又被盆栽遮住了，若不是百合提醒，恐怕還得走上好一段路才會被發現，到那個時候，異物可能也早就發現我們了。

視力異能在末世前期還是不錯用的，只是再過幾年，人和異物遠在看見之前就會發覺敵人的存在，槍的用途也降到最低，這時視力異能才真的變成雞肋。

我有點擔憂百合。

但現在的她還不需要我擔憂，百合邊走上前去邊拿出一根管狀物，竟然是消音器，她一裝到手槍上，毫不遲疑就開槍，以我們的距離只能看見盆栽被打掉一大片樹葉，後方異物似乎倒下了。

這時，小殺衝上前去，長長的走廊只見一道黑影如閃電般快速疾奔，一路衝到盆栽後方，然後將匕首一抽，朝著地上的異物腦袋猛刺。

難怪大哥剛才說要親手宰了發出動靜的人，我剛剛還想著大家這種人人都有槍拿的架勢，開一槍就動靜夠大了，大哥這話不知道是什麼意思，原來是有消音器……還有小殺。

「書宇。」大哥突然扭頭說：「你負責警戒後方是否有異物偷襲，讓小殺到前方快速擊殺異物，有辦法嗎？」

我點了點頭，慎重的保證：「絕對沒有問題。」

其實，我也可以到前方快速擊殺異物，一定做得比小殺更好。

射出冰刀、衝上前去、寒冰封口、冰棍爆頭，一氣呵成，保證絕對不給活路！

不過剛開始加入隊伍就別想直接飛上天當主力打手，乖乖跟在後頭累積信任度就好。

隊伍繼續前進，我跟在最後面，除了警戒以外，沒別的事好做。

雖然大家沒怎麼練異能，但是光憑傭兵的素質和槍械，要解決現在還沒什麼腦袋的異物，顯然還不算太難。

大哥似乎決定直接清剿這個地方，每個房間都開門進去，先讓百合用消音器解決一些站得比較近的異物，然後眾人才分開去解決那些分散的異物，用的也不是槍，而是刀械。

這倒是讓我有點訝異，上輩子在這種時候，根本沒人敢和異物近身搏鬥。

但想一想就明白，那時我身邊都是普通人，頂多有些警察或士兵，但他們肯定比不上傭兵專業，而且那時我們還搞不清楚狀況，都怕一被咬傷就會變成「活屍」，自然不敢靠近，但現在有我提醒，大家都知道被咬並不會變成異物，自然也沒那麼害怕了。

一、二……六……十，我默默地數著這些異物的數量，鬆了口氣，還有這麼多異物沒被吃掉，看來這裡要出現一階異物的機率並不高。

雖然就算真的出現了，有我再加上傭兵團，也不是真的收拾不掉，怕就怕措手不及之下，一階異物已經先傷了人，若是速度型的一階異物偷襲，恐怕連我也無法及時出手阻止。

開了幾個房門，放倒十個異物，無驚也無險，我根本就沒出過手，原本警戒的心情都有點放鬆了，這次警局之行或許比想像中容易多了。

前進沒多久，面前出現一扇大門，由那扇門的大小看來，裡面應該是主要的辦公室區，大哥一個舉手止住所有人，只朝小殺一揮手，對方就上前去，輕輕打開門，粗略一眼看過去，臉色有些變了，他手上比了個數目，竟有十幾隻異物！

大哥臉色一沉，轉頭問我：「小宇，你能殺幾個？」

我眨了眨眼，說：「只要沒有一階異物，在我能量耗盡之前，大概能收拾二十個吧。」

如果是一階異物，那就只能收拾一個，而且說不定是他收拾我。

「……」眾人無言地看著我。

饒是大哥的心理素質很好，也微愣了一下，隨後竟說：「那你進去收拾那些異物，其他人觀摩。」

大哥，你的心理素質也太好了吧！這樣把弟弟推進異物堆是對的嗎？你就不覺得我可能是意氣用事，少年人不懂事又不服氣，才故意講高的嗎？

我用控訴的眼神看向大哥，這絕對違反勞基法，沒有這樣一個打二十個的！

大哥卻只是一個揚眉，朝大門擺了擺手上的沙漠之鷹，不用開口我都知道他在說：還不快去？

回家一定要跟君君告狀，對了，還要順便跟叔叔嬸嬸告狀……

一邊腹誹大哥，我一邊走上前去，門邊的小殺讓開路，卻沒有走遠，就站在旁邊直盯著我看，似乎深怕漏看哪個動作。

我握緊手上的冰棍，心中不免有些緊張，雖然剛才說最多可以打二十個，但可不是指一擁而上的狀況，至少要給我點時間差，才有辦法應付。

之前，獨自去打異物的時候，因為膽子小，最多一次對付五個也就差不多了，沒有一次對付十幾個這麼多的經驗。

早知道就說五個！我滿心悔恨，所以說，人真的不能把話說得太滿，一說就要打十幾個！

以後一定改進，說到自己的實力，通通除以五！

輕輕壓開門，我仔細觀察裡面的狀況。

左側較靠近門邊的異物有五個，正蹲在角落搶食，不知道吃的是人還是異物；中間有六個異物正繞著辦公桌閒晃；右前方遠一點的牆壁邊有幾個正互相靠著睡覺，可能是夜行性異物，他們堆疊在一起，看不出是四個還是五個。

情況比我想像中好很多，這些異物大致聚集成三堆，彼此都有點距離，最近的在吃東西，最遠的還在睡覺，情況比我想像中理想多了。

收回視線，我輕聲說：「大哥，只有我一個人上的話，不可能不發出動靜喔？」

沒想到大哥居然點了頭，說：「反正也收拾得差不多了，動靜別太大，不要引來外頭的異物就好。」

聽到這話，我忍不住白了他一眼，自己當然不想鬧出大動靜，問題就是不知道異物會有什麼反應，這麼多隻，有些距離又遠，不可能在第一時間就全部殺光，他們要是吼叫起來，我又能怎麼辦啊！

看來，大哥是鐵了心要我自己去打十幾個，還不准發出太大動靜，哼！

我皺著眉頭思考要怎麼打的時候，大哥沒有催促，但也沒說「如果做不到就算了」之類的話，還真打算坑自己弟弟了……好吧，如果只是不能發出「太大動靜」，或許還是有辦法，反正「太大」這個詞向來是自由心證！

在眾人不解的目光下，我脫下鞋襪，直接赤著腳，輕輕地將大門推得左右大開。

就算其他人要袖手旁觀，我也要讓他們乖乖當人形誘餌，就算不出手，光是門口站著這麼多人也能嚇嚇那些異物，拖延他們衝上前的時間。

在中間遊蕩的異物們率先看過來，但他們距離較遠，又沒反應過來，只是停下遊蕩的腳步，先是看著我，隨後又看向站在門口的傭兵團，果然如我所料的不敢輕舉妄動。

但我不打算先收拾他們，他們三三兩兩遊蕩，比吃東西的和睡覺的那兩堆顯得沒有聚集性，危險性最低。

我首先滑向蹲在角落吃東西的異物群，沒錯，是滑向。

雙腳的腳底早已化出冰刀，宛如溜冰鞋一般，但光是這兩道冰刀並不能順利滑行，還得在腳下化出冰層來充當滑雪道。

這層冰不能太厚，不然我的能量撐不住，而且還必須恰好在腳前幾公分，不然異物光看冰道走向也知道我要朝哪邊滑，這種種細節真的不是很好拿捏，之前雖然已經練習過好一段時間，但我遲遲沒有用在戰鬥上，直到今天才拿出來用。

要是真摔倒了，我就不信大哥真不來救自家弟弟！

「小宇，你可真好樣的！」門口的雲茜還閒情逸致的丟來一聲讚美。

但不是我好樣，這叫知識就是力量，當初看見冰皇戰鬥時，他就是這樣滑行戰鬥，差別只在於我遠遠沒他那麼快，而且冰皇是在空中滑行，他似乎根本不在意消耗多少能量，直接化出漫天雪路冰道，宛如層層疊疊的冰晶彩虹，美得令人屏息。

拔出冰匕首，我看準某個還有頭髮的異物，將匕首一扔，直接貫穿他的後腦勺，他斜斜地倒下去，嘴裡還咬著半隻手。

果然沒錯，這種還有頭髮存在的異物，腦袋瓜多半沒那麼硬，在我這活過末日十年的人眼裡，這頭毛根本叫做欲蓋彌彰！

當然，有著冰異能外殼的匕首也有大功勞。

匕首射到的下個瞬間，我人也到了，低身衝刺，冰棍朝另一個後腦杓刺過去，「啵」的一聲，棍尖雖沒削尖，但憑著一路衝滑的力量，也足夠捅破對方的後小腦處，然後斜著往上戳爛大腦。

與此同時，我伸手正好觸及倒在地上的異物，對方還微微在抽搐，尚未死絕。其實若是一般匕首，他絕對不會這麼容易倒下，殺異物必須徹底打爛他的腦袋，這麼一刀子不足以殺死一隻異物，但因為這是冰異能匕首，通體凍寒，光是觸摸就會被凍傷，更不用說整根插進腦袋裡去，與其說這隻異物是因為被匕首刺中而倒下，不如說是腦子被冰凍，而直接「冬眠」了。

握住冰匕首，手上一轉，徹底攪爛那顆腦袋，然後把刀抽出來，卻也不是收回來，直接就朝著旁邊的異物戳去，同時，另一手的冰棍也沒閒著，朝對面那頭異物的嘴巴戳去，他正張大嘴，一口尖牙宛如鯊魚，滿臉驚訝的看著我，似乎還反應不過來。

這鯊魚嘴異物的腦殼看來頗硬，雖然不見得打不破，但直接破西瓜發出的動靜就太大了，雖然應該不會引來外面的異物，但卻會吵醒最裡面那堆睡得七葷八素的東西，要是這些異物全部一擁而上，我真的只好回頭喊「大哥救命」了，所以不能那麼做。

兩手各朝著一隻異物攻擊，其實這麼做有點風險，但我卻不得不同時出擊，否則根本來不及。

雖然一開始的兩擊都得手了，但我並沒有得意，出其不意是最容易得手的方式，連殺兩隻後，異物已經反應過來，下一個就沒這麼容易了。

雖然我這一匕首戳得快速，那隻異物看起來頗吃驚，卻還來得及一個打滾閃過這招，幸好他嘴裡咬著一塊皮肉，所以沒有發出叫聲，真的是死也不放嘴中肉，但這倒是更合我意。

匕首失敗了，但冰棍卻成功戳進那張鯊魚嘴裡，戳破上顎，直插進腦中。

「小宇！」

耳邊傳來大哥一聲著急的喊，側邊也襲來一道強風，但這時，我已來不及避開，這掌直接打中我的臉——卻只是打碎皮膚上結的冰層。

速度快得自己無法避開的異物，往往沒多大的力氣，打破我的冰壁後，剩下的力道已經不足以傷到我。

多麼慶幸疆書宇的異能是冰，更慶幸關薇君曾經看見冰皇的戰鬥，現在想想，或許上輩子會有視力異能，就是為了看見那場戰鬥吧。

放開冰棍，我伸手抓住臉上的那隻手，讓剛剛才失敗的匕首來個破腦的勝利！然後朝著最後一隻撲上去，這一次沒什麼困難就解決了。

雖然動作多，但因為速度快，整個過程前後可能沒有十秒，我解決最後一隻後，立刻又朝那些遊蕩的異物滑過去。

雖然知道一秒都不該浪費，還是忍不住偏過頭去瞥了大哥一眼，後者故作鎮定神色，哪怕旁邊的人都在偷笑。

大哥果然還是緊張弟弟的，這惡人做得可不夠徹底。

滑過那些遊蕩的異物，我完全沒有停下腳步，利用衝刺的力道去爆人家的腦袋，越打越明白為何冰皇會採用滑行的方式來戰鬥，除了速度快以外，這種衝刺也能增加攻擊的力道。

在衝刺力道加乘下，我的攻擊可以更加簡潔，只是現在礙於不能發出太大動靜，多半使用匕首攻擊，只有某些嘴巴夠大的異物，恰好又張大嘴要吶喊，我才會一棍子讓他閉嘴——或許該說讓他再也閉不了嘴，更加貼切一點。

滑行的瞬間猛然停下來，身體整個往前傾倒，直迴旋一踢，腳下的冰刀在異物臉中央留下一道血溝，還把鼻子整個削掉了，其實本來是想試試看能不能切開整顆頭，但顯然太過異想天開，臨時弄出來溜的冰刀實在不夠銳利。

我只好乖乖溜到他背後，從後腦補上一刀，還得扭兩圈攪爛大腦。

或許真該給棍子弄上一個槍頭了，這個時候若手上的長棍是長槍，我的行動應該會更如魚得水，不用礙於用棍子破西瓜太大聲，而短匕首卻又必須近身才能攻擊到敵人。

六個閒晃的異物果然還是太多了，等不及我收拾完他們，打鬥聲已經吵醒最後面在睡覺的異物們，他們紛紛起身，一共有五隻，全都以手肘和膝蓋著地的姿態移動，動作宛如犬隻一般，外型卻還大致像人形，只是著地的關節變得特別粗大，嘴巴也如犬嘴一般裂得很開，看起來人不人狗不狗的，非常詭異。

他們五隻呈現扇形朝我走過來，竟有種包圍圈的意味，看起來實在有點不妙。

遊蕩的異物還有三個，雖然我想出手先解決面前這三個，但總覺得那五隻好像就在等我出手收拾這三個，好趁機攻擊……這一定是錯覺！有沒有這麼聰明啊？這應該不可能是五隻一階異物，否則我們早死得不能再死了。

沒等我想清楚該怎麼辦，面前三個異物已經朝我撲上來，他們和犬形異物不太相同，是直立的型態，每一隻異化的外型都不太一樣，並不統一，唯一的共通點是都還保持著人形，異化的部位不多。

這時，我也只能硬著頭皮打了，正打算不管「動靜」是啥東西，先把最前頭的那個異物來個破西瓜再說時，一個輕微的「砰」一聲後，他的眉心爆出一道血花。

「小宇，不用理這三個，去解決後面五個。」

謝了，大哥——但我還是要跟書君告狀你欺負我，頂多省掉叔叔和嬸嬸。

既然大哥放話了，我就直接繞過那三個，直接朝後面五隻衝過去，不用說，我想那五隻肯定是速度型的異物，都長得像狗了，這不快都說不過去。

看著那五隻異物，我心裡有了決定，就搏他一搏！

以往一直不敢在實戰中嘗試太困難的動作，因為獨自行動一旦出了錯，就是個死字，但現在一堆人看著我，裡頭還有自家大哥，護弟如護崽，不會棄我於不顧，不趁機試試那些只敢在練習中嘗試的招式更待何時？

握住棍尖，我像是拉麵條似的化出槍尖，長度不過一個巴掌，既然現在不能破西瓜，只好刺擊了，臨時加上的槍尖肯定不牢固，但加上滑行衝刺的力道，要破開他們的腦袋應該不是難事。

握緊手上的冰棍，現在應該叫做冰槍才對，我打定主意，這一輩子不逃不避，

即使無法成為冰皇——不！

我立誓定要成為冰皇！

——待續——

番外篇
歸途（上篇）

坐在寬敞的飛機頭等艙內，對於空姐的殷勤服務，疆書天感到有點頭疼，他以往並不坐頭等艙，雖然負擔得起，不過，面對這種豪華的機艙和殷勤的服務，他和其他傭兵團成員都非常不自在，比身處髒亂不堪的戰場還難受。

這次實在是逼不得已，他查遍所有航空，但時間太緊迫，實在訂不到其他機位。

看向窗外，藍天白雲，疆書天絲毫看不出有什麼異狀，但書宇在電話中卻說會有蔓延全世界的大災難，雖然他沒把那幾個字說出口，但疆書天聽著就知道是什麼意思。

世界末日嗎？

「你信嗎？」

疆書天轉過頭去，鄭行正看著他，問：「書宇說的那些事情，老大你真的相信會發生？」

「我希望不會發生。」疆書天平靜的回答。

他把任務臨時延後，而且還向團員說明真實狀況，雖然可以找個藉口，像是書宇的狀況又惡化之類，但這些都是出生入死的兄弟，他既不願欺騙他們，更不願這些兄弟毫無準備去面對書宇所說的災難。

團員們個個都不信疆書宇說的災難，但疆書天下令要他們信，讓所有人都回去找家人，做好萬全的準備，只有幾個沒有牽掛的團員跟著他回梅洲。

如果真的沒有發生任何事，這團長的威信也就掃地了。

疆書天卻寧可把自己的威信當泥踩，只要書宇和書君能活在和平的時代。

鄭行若有所思的說：「所以老大你真的相信會發生事情，難道就沒想過書宇是被打中頭，所以有點不對勁嗎？」

疆書天沉默半晌，吐出一句：「我信他。」

鄭行扯開一笑，不再多問。

還需要幾小時航程才會抵達，應該趁機補眠，疆書天為了及時回到梅洲，忙得沒時間闔眼，但是他卻怎麼也睡不著，心中隱隱有些不安，記得書宇說六點以前到不了就別回來，但他只弄到剛好六點左右抵達的班機。

六點以後就會發生事情嗎……不，書宇一開始脫口是說十二點，所以應該還有緩衝時間，但那時他是否忘了把蒐集藥品和武器以及從城市回到家的車程算進去？

實在太多變數，疆書天想打電話回家問清確切狀況，但是飛機提供的電話卻打不通，空姐也說不出所以然，又處理不來事情，只有一再道歉，惹得他不耐的要她離開。

疆書天感覺有些懊惱，臨時延後任務和趕回梅洲，需要處理的事情太多，他幾乎是到最後一刻才踏上飛機，因此也沒來得及在上飛機之前先打通電話回家，原本是想著在飛機上打也來得及，卻沒想到會有這個狀況。

疆書天走到盥洗室去，拿出手機開機，現在他已顧不得違反規定，可能危及飛安種種顧慮。

電話還是打不通。

打不通電話有千百種理由，尤其是身處高空上，但疆書天卻已經確定答案了——書宇是對的。

疆書天望了望錶，現在已經五點，離飛機降落還有一個小時。

回到座位上，鄭行正目光炯炯的看著他，臉色頗為沉重。

「告訴所有人，做好心理準備。」疆書天平靜的說。

聞言，鄭行的臉沉了下去，任誰聽到將迎來末日，臉色都不會太好看，但他仍舊盡責去通知其他人，因為太晚訂機票，有些成員坐得比較遠。

待鄭行回來的時候，疆書天抬頭看了他一眼，示意對方看窗外。

鄭行探頭一看，白雲已漸漸染黑。

「接頭的人聯繫好了嗎？」

疆書天的臉色很難看，原本預計六點抵達，因為霧氣不散，飛機不肯降落，硬是延誤兩個小時，現在已經是八點多了，假設最晚十二點以前得到家，除去從中官城回到家的車程，他頂多剩下兩個多小時可以行動──這還包含開車去找接頭人的時間。

「手機訊號很差。」鄭行皺著眉頭，掛斷電話搖頭說：「不行，李老頭那邊打不通。」

聞言，疆書天開始衡量是否要繼續聯繫，或許不管有沒有拿到武器，直接先趕回家……

一個人突然高喊：「有了有了，我聯絡到斬哥了！」

斬展？疆書天皺了下眉頭，他認識對方，還有點交情，但卻從沒找過對方購買武器，因為斬展嚴格來說並不是軍火商，其實是個黑道太子爺，他的軍火多半是提供自己人用，雖然也「外銷」，但價格方面可就讓人望之卻步了。

疆書天手上就有一把斬展送的沙漠之鷹，品質確實很好，價格也確實太高，但這時可不是講究的時候，於是他點了點頭回應：「就去找斬展。」

「聯絡得好啊！魩仔魚。」凱恩拍了拍同伴的肩膀。

「我叫吳再予！」引來一陣強烈的抗議。

「走了，小魚兒。」疆書天領著眾人走過去，順帶揉了揉對方的頭。

吳再予苦著張臉，這老大是天好地好哪都好，就是喜歡逗人和揉頭髮這兩點不好！

有了這個小插曲，眾人之間的氣氛總算沒那麼僵硬，世界末日這回事實在讓人連說話都沒興致。

但是這情緒持續不了多久，一走到機場門口，許多旅客擠在門口，外頭霧氣濃重，那霧眼看著竟是黑灰色的，讓大夥都有點疑慮，但卻還不到驚懼的地步，畢竟現在環境污染嚴重，什麼誇張的情況都有，就算沒親眼目睹，總也在電視上看過。

不過這看在疆域傭兵團的眼裡，卻是完全不同的意涵了，雖然不是很確定全世界的災難是指什麼，但總之不是好事，還是大大的壞事！

幸好跟著疆書天回來的傭兵成員多半無牽無掛，對於這種事情雖然也很難接受，但還不至於會情緒崩潰，只是從原本的不相信，認定是老大寵弟弟寵得連理智都失蹤了，到現在……說不上全然相信，但起碼信了五成。

但與其說不相信，倒更像是不希望真的發生。

「沒時間了，走！」疆書天領著眾人一邊走一邊下令：「鄭行、珍妮，你們倆過去找醫院的接頭人拿約好的藥物，再過來會合，其他人跟我去找靳展。」

他不放心的又吩咐兩人道：「不管任何情況，就算沒拿到藥也無所謂，十點半以前一定要過來！」

鄭行領命而去，直接和珍妮跳上計程車走人，疆書天等人則有安排好的小巴士。

疆書天倒是不怎麼擔心鄭行那邊的行動，藥品是約好的，沒有意外應該能到手，但武器卻沒辦法先約好，時間實在太緊迫，許多接頭人一聽到這兩天就要，而且數量龐大，全都起了警戒心，怕惹禍上身，根本不肯約定好，堅持當面再說。

結果現在連電話都打不通！

「老大，要來杯水嗎？」百合拿了杯水詢問。

疆書天揮手表示不要，逕自沉思回想。記得書宇是先提起武器，才想到藥品，所以武器應該非常重要，是什麼樣的末日，武器會比藥品更重要？

事情或許比自己想像的更糟糕。

唯一讓他慶幸的是路上沒塞車，半小時後就見到了人。

斬展皺眉看著手上的武器清單，他的左右兩旁站著兩列黑西裝人，與之相對的是疆書天以及他身後的傭兵團，這景象若是被人看見，多半會以為是兩方黑道人馬在談判。

最後，斬展揮了揮單子，一個揚眉說：「疆書天，這單子是認真的？」

疆書天沒時間跟他聊天，直接說：「當然！」

「什麼時候要？」

「現在就要。」

斬展啞口無言，縱使因身處黑道，所以年紀輕輕就見識不少，此刻卻也搞不清疆書天的意圖，如果不是認識對方，他肯定以為疆書天瘋了想造反，可惜他們交情雖不深，可說沒見過幾次面，卻對彼此的性格很是有默契。

他坦承說：「疆書天，這數目就算你找遍全中官市也沒人能現在給你，如果你找的人不是我，別人一看這單子立刻就能轉頭走人，都不用聽見你說這句『現在就要』！」

疆書天知道這是事實，他碰過許多釘子了。

「你能給我多少就是多少，單子上沒列的東西，只要是武器或戰備物資，你有的話也能賣給我。」疆書天強調的說：「現在立刻交貨，我付三倍的錢給你！」

斬展皺緊眉頭，說：「這不是錢的問題，你要這麼多貨做什麼？」

「買軍火還問買家用途？這不合規矩。」

斬展淡淡地說：「你買這種數量，不稍微露點口風，在國內絕對沒人有膽量賣給你，這裡可不是戰亂國家。」

疆書天沉下臉色，世界末日這事從自家親弟弟嘴裡說出來，他這做哥哥的都半信半疑，更何況是一個只見過幾次面的人，但看現在狀況，不說恐怕就別想拿到槍彈。

「能私下說話嗎？就你和我。」

話一出，兩旁的黑西裝人立刻踏出一步，見狀，傭兵團眾人也立刻伸手握住放在身上的武器，槍是帶不回國，但幾把匕首以工藝品的名義弄回來，倒還不是問題。

手下弓張拔刃，反倒是兩個領頭人神色平靜，斬展摸著下巴，因為疆書天的態度奇怪，讓他現在真開始有點感興趣了。

「把武器放到桌上，跟我進來。」

斬展站起身來，疆書天把腰間的匕首放到桌上，然後讓一個黑衣人簡單搜了下身，然後跟著斬展進入一個偏間。

一進去，疆書天二話不說就進入主題。

「你必須先答應，只要我不是造反，也不會危害到你，你就必須把武器賣給我。」

世界末日這話一出，斬展有可能不信，但如果真信了，他會不把武器留著自己用？

雖然想找個謊言，但斬展是什麼人物？在國內，他的消息只有可能比自己更靈通，什麼也騙不過他，而說要將這些軍火帶出國外，這話連疆書天自己都不相信，所以他沒法子了，只能相信斬展會遵守承諾。

聞言，斬展帶著興味的眼神打量著疆書天，突然問：「跟外頭的黑霧有關係嗎？」

疆書天只一個遲疑，一想到沒時間再蹉跎，拿不拿得到武器現在就得確定，於是便點了頭。

「有多嚴重？」

「整個世界。」

這話說的是……世界末日？斬展沉下了臉，他雖不想信，但卻也找不出別的理由，要知道疆書天若敢騙他，那可不是道歉就能了事，就算能夠逃得了命，之後也不能在國內立足，若他是孤家寡人也就罷了，但是聽聞他確實有家人，應該不至於突然瘋到連家人都不顧。

衡量之下，斬展乾脆的說：「好，我答應，說吧。」

「十二點前，帶著你重視的人到安全的地方，準備好武器和藥品，尤其是抗生素，還有大量保存期限久的食物。」

「就這樣？」饒是斬展也有點錯愕了。

疆書天也有點尷尬，只能說悔不當初，不信弟弟，哥哥會得報應。

斬展笑著搖頭說：「你的消息內容未免太少。」

疆書天只好補充說：「我出三倍錢跟你買。」

「反正若真的世界末日，錢就成廢紙了是嗎？」斬展只一個思量便下了決定，「好，我就賣你，但那數量不可能，折半給你，價錢五倍！」

即使被騙，這也是狠狠大賺一筆，就算疆書天拿這些武器去造反，靳展也有把握全身而退，更何況時間不多了，現在離十二點可沒有多久，再不去準備恐怕就來不及了。

這黑霧甚至讓通訊都受阻，實在太詭異，所以靳展寧可信其有。

疆書天心上一喜，連忙補充：「一個小時內給我。」

「不可能！」靳展一口否決：「怎麼也要一個半小時，否則我頂多叫手下把身上的槍掏出來賣給你，其他就算你付十倍，我都拿不出來，你要知道現在連電話都打不通。」

疆書天看了下錶，現在是九點十分，就算再怎麼飆車，回到家至少要一個小時左右，這還沒算上外頭黑霧瀰漫的狀況……

「好！」疆書天一咬牙應下，「但你必須跟我待在這，直到我拿到武器為止！」

靳展看了他一眼，不怎麼在意的說：「好。」

疆書天放下心來了，看來靳展的根據地八成就在附近。

時間無多，靳展不囉嗦地率先離開偏間，指使著黑衣手下分頭去做事，他也不避著疆書天，直接在他面前吩咐著種種事情。

「立刻去取單子上的東西，取一半，在一個半小時內回來。」

「去把我母親、鳳和小月接到別墅去，讓她們在一個小時內就回去，這是死令！」

「立刻去醫院拿平常備用的那些藥品，多準備抗生素，還有去把旗下超市的食物都搬到別墅去，能搬多少是多少……」

疆書天只能在一旁等待，縱使心急家裡的狀況，電話卻還是打不通。

「老大。」百合低聲說：「我們是不是該去準備食物？」

聞言，疆書天皺了下眉頭，轉頭看外面霧氣瀰漫的狀況，搖頭說：「別去了，我們趕時間，只要一拿到武器就得飆車回去，看這狀況也不適合再分散行動去採買，既然書宇知道會發生事情，應該會準備他能夠到手的東西。」

武器和抗生素，都是書宇拿不到手的東西，既然他在電話中只有提及這兩樣，表示他應該會準備其餘的東西。

訊息太少，電話又打不通，疆書天只能一再推敲當初電話中的一字一句，痛恨自己不問得更清楚些，就怪自己那時懷疑大過相信，才會沒做好萬全的準備。

斬展是個守諾信的人，十一點整，疆書天拿到他要的槍彈。

「我欠你一次。」

疆書天知道這情況下肯賣他武器的人絕對是鳳毛麟角。

斬展勾起嘴角，「如果事情真發生了，我也欠你一次。」

「那就乾脆抵銷吧。」

兩人對視一笑，轉身就走，不再多說，時間已經不多了。

疆書天看了看成員，鄭行已經過來會合，順利拿到藥品，所有條件都已經備妥，就剩下時間不多。

「立刻上車！」

一上車，駕駛座上的鄭行看見眼前黑霧瀰漫的狀況，臉就黑了一半，再打開霧燈，情況也沒好多少，只好回頭說：「老大，這情況——」

疆書天淡淡地說：「大家繫好安全帶。」

聽見這句話，鄭行的臉又黑了另外一半，眾人則愣了一下，個個急忙繫上安全帶，平常最是痞痞不在意的凱恩都不例外。

疆書天平靜的說：「開始飆車吧，我記得你曾經說以前玩過賽車。」

「……老大，沒人在看不清車前十公尺這種狀況下飆車，這是在飆命！」

「反正到不了家也會死，你自己選一個死法。」

鄭行無奈了，只好打檔飆車，不然他還能怎麼樣？雖說飆車，但他的速度其實不過五、六十左右，但以這種能見度來說，這就是在飆車！

平常動輒上百時速都沒能讓眾人眨個眼皮，現在開五十就讓人開始祈禱滿天神佛，可惜這樣的速度並沒有維持太久，縱使鄭行是個豁出去的昔日賽車手，遇上塞車一樣要投降。

時間逼近半夜，路上本不該塞車，但顯然是黑霧影響，眾人都慌了，個個都想逃出城去，結果通通塞在路上。

疆書天沉著臉，最壞的狀況發生了。

吳再予邊抓著臉邊哭喪的說：「老大，真的是要世界末日了嗎？」

「再予，別抓！」小殺扭頭問其他人，「你們身上癢不癢？」

這話一出，眾人這才發現皮膚竟有一種搔癢的感覺，一察覺後竟更癢了，凱恩忍不住抓兩下，被百合重重拍了一下，這才不敢再抓。

疆書天也感到皮膚起了一陣陣刺癢，難道這黑霧竟有毒？莫非小宇指的危險就是這種霧氣？到十二點，這黑霧莫非能毒死人？但若真是如此，躲回家又怎麼樣呢？或者書宇已經在家做好萬全的準備了？

「鄭行，你說實話，一點前有辦法到家嗎？」疆書天認為就算有緩衝時間，最多可能也只到一點。

「老大，你自己看看這狀況，別說兩小時，五個小時都不知道有沒有辦法脫身。」

「直接開上人行道呢？」

鄭行愣了一愣，轉頭看了看人行道，這倒是可行，現在黑霧瀰漫，還會刺痛

人，人行道上多半沒有行人，雖然人行道上雜物多，不會開得太順利，但總比車多動彈不得要好上一點。

「不可能在一點前到，路真的太黑，而且人行道的障礙物也不少，我能開到時速四十就不錯了。」

這還是這輛巴士是改裝過的，車身經得起撞，否則不用在人行道橫衝直撞多久就得拋錨。

疆書天深吸了口氣，下令：「開上人行道，到怪腳那裡去，他那裡應該有防毒面具，十二點以前要到！」

曾雲茜奇怪的說：「但這種情況，他會開店嗎？」

疆書天淡淡的回應：「沒開也無所謂，我們剛買了武器，可以轟掉他的門。」

這話顯然對了眾人的胃口，紛紛怪笑起來。

鄭行立刻油門一踩，快速倒車，現在正塞車，前後車的距離近得很，他這一後退立刻就撞上後車，但他毫不在意，方向盤一扭，直接開上人行道。

後車的駕駛剛下了車，氣沖沖地想理論，卻看見這驚人的一幕，頓時目瞪口呆，哪還顧得上理論了。

一路顛顛簸簸東撞西喀，路燈、廣告招牌、電箱、攤車……都不知道撞了多少東西，鄭行卻覺得開得暢快多了，開輛破車都比不上塞車讓人鬱悶。

這麼跌跌撞撞，一路有驚有險之下，鄭行總算開到目的地。

下車時，疆書天看了錶一眼，時間來到十二點，此時已經無論如何都趕不回去，拿到防毒面具才是第一要務，家裡……只能寄望書宇。

想到這，疆書天臉色陰沉，恨極自己，竟只能把一家大小交給重傷初醒的弟弟，這弟弟躺了一個多月，恐怕連站都站不起來，卻得保護一家大小？

雲茜回頭說：「老大，果然沒開，現在是要……」

疆書天一槍轟掉門，一聲「進去」後就率先進入。

眾人嚇了一跳，要知道疆書天雖然不怒而威，但實際卻是個十分冷靜的人，甚至有許多次發怒的時候都是特意做給旁人看的，事實上根本沒有生氣，但現在……

凱恩嘖嘖的說：「一來就轟掉門，老大這不是要買東西，是準備打劫吧？」

雲茜搖頭說：「再回不了家，老大轟的就不只門了。」

「那倒是真的。」

沒想到這話卻變成往後幾天的寫照，他們不得不轟掉許多東西，為了生存……為了回家。

——待續——

番外篇

末世某一天

掉了

「君君，妳不知道末世有多少女人的處境悲慘，妳一定要為女人爭口氣，把全天下的男人通通推倒踩在腳底下！」

「可是二哥，你和大哥也是男人啊？」

「大哥是男神不是男人，而二哥我心甘情願被妳推倒踩在腳底下。」

「二哥你的節操又掉了，我幫你撿起來。」

飛走了

「君君，我常常會意淫和大哥這樣那樣的，妳會不會覺得我是個變態嗚嗚。」

「不會啊二哥，因為大哥實在太帥了，連我都常常被他迷倒，想著和他這樣那樣呢！」

什麼！淚流滿面怨婦臉！

「呃……別這樣啊二哥，我偶爾也會想到和你這樣那樣的啦！」

「君君，身為一個有行動力的女人，妳不用幻想，化想像為實際吧！二哥在這裡等著呢！」

「二哥你的節操長翅膀飛走了，我去幫你捉回來。」

大宇宙時代

「唉唷，腰好痠啊，昨天折騰了大半夜，累死我了，還好我體力夠充沛，不然真應付不了！」

「二哥，昨夜是男的還是女的？」

「什麼男的女的，是個異物。」

「二哥！你的節操真的坐火箭去外太空了，君君撿不回來了！」

「妳在說什麼啊！我只是昨晚跟一隻異物纏鬥了大半夜才打倒他。」

「二哥你不用解釋了，君君不會說出去的，嗚嗚嗚！」

「等、等一下啊！君君妳別哭著跑走啊！相信二哥的節操真沒去外太空啊！」

青木瓜燉排骨也沒有救

「二哥二哥，你說自己常常意淫和大哥這個那個，那、那你總說要娶我，是不是也意淫過人家呢？（羞）」

「呃，君君，妳要知道，意淫這種事情，對象總得有點身材，妳的那個……唉，撐死也就只能號稱B吧？」

「……誰說的，有一百萬。」

「一百萬？」

「百萬伏特。」

「呃啊啊啊啊——」

後記

《終疆》出現真是宛如世界末日一般的讓我驚訝，當初一有了靈感，立刻答答答答（打字聲）的開寫起來，每天寫到三更半夜不睡覺，也不知道是發什麼瘋，不過一個禮拜就幾乎寫完一本書的七八成，真的是跟發瘋沒兩樣。

連各個名字的出現都是如此順理成章，以往得開著中文名字創造器看半天挑姓挑字，這次卻幾乎不曾開過，連書名都是莫名其妙就想好了。

終疆，終是終末的意思，疆則是疆土，這裡被我用來代指世界，所以終疆其實便是末世的意思，但因為取一些類似我是騎士之類的書名太過直白，會被人嘲笑這作者真沒有學問，於是我只好把書名拐彎抹角，假裝自己有點學問。

書名出來了，順手查了「疆」字的所有意思，發現疆可當姓氏，於是疆家三兄妹的姓氏就這麼定下了，說也奇怪，男主角……呃，應該算男主角吧，疆書宇的名字想都沒想就跳出來了。

有了書宇的名字當基礎，大哥和小妹的名字也就簡單了，大哥是家裡的頂天柱，自然是書天了，妹妹則取關薇君的君字，讓疆書宇對過去留個念想，疆家三兄妹的名字就此完工。

這還沒完，陸陸續續記錄下來的大大小小劇情一大堆，簡直都快把整套書安排完畢，只等寫出來了。

種種順利讓我真有點心驚膽跳，有種《終疆》這本書一定得寫出來，疆家三兄妹肯定得生出來的感覺。

天要下雨娘要嫁人，沒辦法，那就生吧，於是《終疆》這孩子就這麼出現了，幸好是個讓作者很輕鬆的孩子，剛生下來就把自己一輩子都安排好了，父母負責出出學費就好。

唯一讓人煩心的是戰鬥場景比較多，由於我寫戰鬥的方式都是先在腦海中想出具體的動作，然後描述出來，所以寫戰鬥就像在腦海打了一場戰鬥似的，真是寫得我一個頭兩個大。

但在網路上連載的時候，讀者卻十分喜歡戰鬥場景，真是出乎我的意料之外，還得到「疆書宇是他覺得最帥的主角」的評語，也只好就這麼繼續戰鬥下去了。

因為這套書是第一人稱的關係，為了讓大家也可以看看書宇以外角色的故事，所以每集都會安排番外篇，本集〈歸途〉就是大哥的番外篇。

番外篇的長短或者篇數都不固定，有可能一集有好幾篇番外也不一定，一切就看當時有哪些角色在那邊叫囂著要出頭天，或者大家有比較喜歡哪個角色，也可以來網誌留言作為番外篇的參考。

第一集原本是想把〈歸途〉寫完，但發現寫不完，只好分上下篇，希望不要再偷偷出現一個中篇，雖然大哥很帥，但是別的角色表示他／她也想出場。

〈末世某一天〉則是腦袋抽風下的產品，不過應該或多或少可以用來看出未來故事走向（其實一點也不），或者是各個角色的真實本性（這個比較可信），但是因為是抽風下的產品，所以會有幾篇或者會不會有都是不知道的事情了。

此外，本系列是直接接續下去的故事，單集不會有個小結尾，然後整系列算是長系列，至少會在七、八集以上。

唔，不知道還有沒有沒說到的事情，如果還有疑問，請再來網誌發問吧。

希望大家會喜歡《終疆》這篇故事囉！

By 御我

就算有前世的記憶做倚仗，
但末世似乎仍舊是那個——吃人的末世。

終疆

02 異物都城

有大哥有小妹有物資有吃結晶，我真心覺得末世都不算什麼了，
好！接下來的目標是保護家人、打怪升級、爭取成為新一代冰皇！
——但誰能告訴我，面對漫天的異物該如何應對？
一階異物情侶檔又是什麼見鬼的玩意兒？
挑戰一個接一個來，求給點喘氣的時間呀！
少見的精神系異物、橫渡裝滿異物的大城市、當頭砸下的巨大冰柱……
疆家人什麼都好，但真的，運氣不好。

苦苦追尋視若珍寶的家人，
但末世裡的追尋，每一步都可能落入萬丈深淵。

03 冰封輝皇

望著高大的衛軍塔，回家的線索近在咫尺，僅僅隔著一條黃色封鎖線。
我正想雄心壯志的發下豪語：「就算要一路打進去，我也會打出一條回家的路！」
不料，突生的異變卻先打我個措手不及。
強大似人的異物、神秘的研究所、遍地慘嚎的民眾，以及詭譎多變的軍方權勢變動……
一條是回家的路；一條是危在旦夕的數千性命；更有一條路牽動整塊大陸的未來，
我到底該怎麼挑選方向，才不會懊悔終生？

國家圖書館出版品預行編目資料

終疆 01：末世流星雨 / 御我 著 .-- 初版 .-- 臺北市：平裝本． 2014.07 面；公分（平裝本叢書；第 398 種）（御我作品）

ISBN 978-957-803-914-8（平裝）

857.7 103010285

平裝本叢書第 398 種
御我作品

終疆

01 末世流星雨

作　　者—御我
發 行 人—平雲
出版發行—平裝本出版有限公司
台北市敦化北路 120 巷 50 號
電話◎ 02-27168888
郵撥帳號◎ 18999606 號
皇冠出版社（香港）有限公司
香港上環文咸東街 50 號寶恒商業中心
23 樓 2301-3 室
電話◎ 2529-1778　傳真◎ 2527-0904
總 編 輯—龔橞甄
責任編輯—張懿祥
美術設計—程郁婷
著作完成日期— 2014 年 4 月
初版一刷日期— 2014 年 7 月
初版二刷日期— 2017 年 3 月
法律顧問—王惠光律師

讀者服務傳真專線◎ 02-27150507
電腦編號◎ 553001
ISBN ◎ 978-957-803-914-8
Printed in Taiwan
本書特價◎新台幣 249 元 / 港幣 83 元